Frédéric Faragorn

Le pouvoir du Chantelune

CHANTELUNE 1
BAYARD JEUNESSE

3, rue Bayard, 75008 Paris
ISBN : 2 747 00418 X
Dépôt légal : septembre 2001

Loi 49956 du 16 juillet 1949 sur les publications destinées à la jeunesse

Chapitre 1

Les deux lunes bleues répandaient leur froide clarté sur Shan-Lu, la capitale planétaire. La saison du premier automne touchait à sa fin et, comme toujours à cette époque de l'année, la ville vivait au rythme des compétitions entre les nombreuses chorales venues de toutes les régions du globe. Les rues étaient désertes. Les habitants assistaient aujourd'hui à l'ultime représentation de la semaine des concerts. Les plus chanceux –les plus riches en fait – étaient confortablement installés dans les larges fauteuils de l'auditorium du Palais des Chants ; les autres, comme le reste de la population d'Ithos, suivaient la cérémonie retransmise en holographie dans les salons de loisirs des logements.

Sur Ithos, le chant était l'art majeur. Les foules arrivaient de loin pour écouter un chanteur, économisaient pendant une année entière pour acheter une place de concert. D'où venait cette passion collective ? Nul n'aurait pu le dire avec certitude. Une chose était sûre : les contes les plus anciens conféraient à la voix des pouvoirs mystérieux, comme dans la légende du Chantelune, où un être majestueux était capable de transformer l'univers par la seule force de son chant. Les antiques C.D. rapportés sur Ithos par les colons terriens lors du peuplement de la planète, ne précisaient pas si cette légende venait de Terre ou si elle était née bien après dans l'esprit angoissé de ses orphelins partis dans l'espace à la recherche d'un nouveau sol. L'effondrement du système solaire dont Terre faisait partie n'avait pas permis le transfert de tout le savoir terrien. Mais cela remontait à plus de trois cents ans maintenant, et plus personne ne s'en souciait. Terre était détruite et appartenait à la préhistoire d'Ithos.

Dans les couloirs du Palais des Chants, les chanteurs se pressaient.

– Plus vite, voyons ! Tu vas être encore le dernier à monter sur scène, maugréait Pérenne, l'un des professeurs de Shan-Lu.

– Ce n'est pas grave, rétorqua Sven Owen, son jeune élève. L'essentiel est d'arriver avant que les autres commencent à chanter !

– Petit imb…

Pérenne ne terminait jamais ses phrases quand il s'emportait contre Sven Owen. Pourtant, avec les autres élèves, il n'hésitait pas à utiliser tous les jurons et les insultes que sa vénérable mémoire avait emmagasinés. Il était bourru, souvent de mauvaise humeur, et ses collègues le surnommaient Nours-mal-léché ou Grogne-loup.
Sven Owen avait remarqué la bienveillance de son maître à son égard, et il en profitait un peu. Il faut dire que taquiner le vieux professeur était sa seule distraction ; l'école du Palais des Chants n'était pas le lieu idéal pour s'amuser. Tout y était si sérieux, si réglé, si ordonné ! Les jeux étaient interdits, la vie était organisée autour du chant, et rien d'autre ne devait avoir d'importance. Par chance, Sven Owen aimait chanter. Mais il y avait des chanteurs qui détestaient cela. Ils avaient été inscrits de force par leurs parents. Avoir un fils chanteur était un plus sur Ithos ; cela donnait droit à des avantages : meilleure maison, meilleur travail, bonne retraite.
Sven Owen se moquait de tout ça. Il était orphelin, et son oncle, son tuteur, l'avait inscrit à l'école pour le punir, et toucher la petite solde annuelle versée aux familles de chanteurs. Mais entre son oncle et Pérenne, il n'y avait pas hologramme ! Le garçon préférait

mille fois supporter pendant un an le vieux professeur que passer une minute avec cet oncle stupide, grossier, méchant, et incapable de faire la différence entre un chant d'origine terrienne et une complainte du sud d'Ithos.

– Votre petit protégé est encore en retard ! lança soudain une voix glaciale et éraillée dans leur dos.

Sans ralentir, Pérenne et Sven Owen jetèrent un regard par-dessus leur épaule. Hélio, le chef de la milice était sur leurs talons. Comme d'habitude, il portait une cape rouge et noir. Son visage était dur, et une cicatrice étrange entourait ses yeux, dessinant comme un masque affreux. Il gardait sans cesse un air soupçonneux et sournois. Il avait la réputation d'être extrêmement cruel avec les prisonniers, et particulièrement sévère avec ses propres hommes.

– Vous avez raison, Hélio, répliqua Pérenne d'un ton tranchant. Alors inutile de nous retarder davantage !

– Toujours aussi aimable ! commenta l'homme avant de s'adresser à Sven Owen. Va donc, chanteur, et chante bien. C'est un plaisir de t'entendre… Dépasse-toi…

Pérenne posa sa main sur le bras de son élève et lui fit accélérer le pas. Sven Owen sentit la main trembler. Il observa son maître du coin de l'oeil.

Il semblait soucieux, inquiet même. Cela avait-il un rapport avec le chef de la milice ?
L'élève se retourna et remarqua qu'Hélio les suivait des yeux. Sven Owen souhaita ne jamais avoir affaire à cet homme détestable.
Il ignorait à cet instant que la nuit ne se passerait pas sans qu'il en soit autrement…

Chapitre 2

Sur la grande scène du Palais des Chants, deux mille chanteurs attendaient à présent dans le plus parfait silence. Un chuchotement anima soudain les spectateurs, qui tous levèrent la tête vers la loge d'honneur. Les soldats de la milice y avaient pris position, et ils scrutaient la salle. Des visières sombres équipées d'identificateurs leur permettaient de repérer le moindre intrus parmi le public ou les choristes. En une quarantaine de secondes, ils passèrent en revue tous les visages. Ils ne relevèrent aucune anomalie ; nul terroriste n'avait réussi à se faufiler dans l'auditorium. Tout le monde avait déjà été fouillé à l'entrée, et la salle avait été inspectée centimètre carré par centimètre carré.

– Tout est en règle ! Ils peuvent s'installer, déclara l'un des soldats à l'intention d'Hélio, qui se tenait un peu en retrait.

Dix secondes plus tard, les cinq personnages les plus

importants de la planète pénétraient dans la loge d'honneur. Ils portaient la tenue officielle des membres du Conseil planétaire : l'ample tunique violette, la toque noire couvrant le haut de leur crâne rasé et le collier d'anneaux rouges, symbole de leur sagesse. Ils étaient vieux et semblaient faibles, mais dans leurs yeux brillaient une détermination et une dureté redoutables.
Le plus craint était sans conteste le plus âgé, Pentraol. C'était lui qui, soixante ans auparavant, avait fait basculer la démocratie d'Ithos dans une dictature voilée, où le Conseil planétaire régentait tout.
Le public se leva en un même mouvement et lança l'acclamation rituelle :
– Longue vie aux Décideurs de nos vies !
Les membres du Conseil dressèrent leur poing en l'air en guise de salut. Dès que les spectateurs se furent assis, Pentraol prit la parole.
– La semaine des concerts prend fin, commença le Décideur. Une fois de plus, la chorale de Shan-Lu fut la plus remarquable.
Une salve d'applaudissements retentit. Depuis toujours, la chorale de la capitale gagnait la compétition. Le Palais des Chants de Shan-Lu possédait les meilleurs professeurs et sélectionnait les chanteurs

les plus doués, mais la rumeur voulait que le vote soit truqué sur ordre du Conseil.

– Toutes les chorales sont à présent rassemblées, poursuivit Pentraol, unies comme le sont toutes les villes de notre planète. Que le concert final commence, et que nos oreilles et nos esprits soient, cette année encore, charmés par la grâce et l'immense talent de nos chanteurs.

Les applaudissements reprirent de plus belle. Certains spectateurs se levèrent. Il était important de se faire bien voir des membres du Conseil, car chacun savait que la soif du pouvoir et la cruauté habitaient l'âme de ces vieillards au visage émacié.

Les deux mille choristes saluèrent les membres du Conseil, puis attendirent le signal du maître de cérémonie qui se tenait devant eux. Il leva la main droite, compta jusqu'à trois en remuant son index, et deux mille voix entamèrent un long murmure qui s'amplifia peu à peu. On aurait dit un chuchotement de vent, une musique de vagues lointaines, où une note discrète apportait parfois une sorte de bouffée d'air, un air pur venu d'une montagne inconnue.

Installé dans les loges des professeurs, Pérenne ne quittait pas des yeux Sven Owen.

Comme d'habitude, avant que le garçon ne monte sur

scène, il lui avait prodigué ses singuliers conseils : ne chante pas mieux que les autres ! C'est une chorale, les voix doivent être unies.

Sven Owen trouvait toujours que ces recommandations étaient un peu bizarres ; les autres professeurs demandaient des prouesses à leurs élèves. Pérenne, lui, ne voulait pas qu'il se distingue des autres. Pourtant il chantait mieux qu'eux, ils le savaient tous les deux. Se dominer, contenir sa voix, s'aligner sur les autres ! Cela était frustrant, à la fin ! Pour seule explication, Pérenne disait qu'il fallait cultiver la modestie. Être modeste, quand on ressent en soi tant d'énergie, tant de puissance ! Pérenne ne savait pas ce que cela signifiait pour un garçon plein de talent !

Sven Owen s'efforçait donc de demeurer discret. Sa voix se fondait dans les autres. Il voyait son maître qui le regardait. Il y avait tant d'amitié dans ses yeux usés, tant d'espoirs ! Mais Sven Owen y décelait de la crainte, du tourment ; il repensa à leur rencontre avec Hélio.

Il chercha du regard le chef de la milice et le découvrit dans une loge, située de son côté. Il ne pouvait distinguer ses yeux, mais eut la détestable impression que l'homme au visage balafré l'observait.

« Je dois me tromper, pensa-t-il. Pourquoi le chef de

la milice me porterait-il une attention particulière ? »
Sven Owen s'apprêtait à détourner le regard lorsqu'il aperçut la main d'Hélio se lever légèrement. Le chanteur eut la certitude qu'Hélio lui adressait un signe.
« Que cherche-t-il à me faire comprendre ? »
Il continua à chanter tout en réfléchissant. Soudain, il se souvint des dernières paroles d'Hélio : « Dépasse-toi ! »
« Il veut que je me dépasse ! songea le chanteur. Il sait donc que je vaux mieux que les autres. Et si les conseils de Pérenne n'étaient pas bons ? Pourquoi d'ailleurs souhaite-t-il tant que je me contienne en public ? »
Les questions fusaient dans l'esprit du jeune chanteur. S'il avait regardé à cet instant son maître, il aurait vu son visage anxieux, et peut-être aurait-il suivi une bonne voie. Mais il ne vit que la main d'Hélio qui l'encourageait. Alors, il laissa sa voix s'amplifier ; sans qu'il cherche à couvrir celles des autres chanteurs de la chorale, elle flotta sur l'ensemble, mit en valeur la mélodie, renforça les harmonies, corrigea les faiblesses de chacun, modifia la texture des notes. Grâce sa grande délicatesse d'interprétation, le chant atteignit une perfection jamais réalisée à ce jour dans aucune chorale d'Ithos.

Et il se produisit un événement unique dans les annales du Palais des chants : la salle entière pleura, du simple spectateur jusqu'aux cinq membres aigris du Conseil ! Les miliciens et les professeurs de chant, et chaque habitant de la planète suivant la représentation holographique, pleuraient aussi.
Seules deux personnes avaient retenu leurs larmes : Pérenne et Hélio. Pérenne, car il savait à présent que la vie de son élève ne tenait plus qu'à un fil ; et Hélio, car il jouissait du plus bel instant de sa vie : il avait enfin découvert un Chantelune. Et ce jour serait celui où il tuerait de ses mains un être de légende !

Chapitre 3

– Hélio, que nous vaut cette précipitation et ce mépris du protocole ? lança d'un ton sec l'un des membres du Conseil planétaire.
Hélio se pencha en avant. La règle du comportement en présence des Décideurs imposait une révérence de quinze secondes. Quinze secondes ! Il avait toujours trouvé ce temps affreusement long, mais aujourd'hui il lui sembla durer une éternité.
D'ordinaire, lorsqu'il souhaitait rencontrer un Décideur, Hélio demandait audience la veille et attendait la réponse ; mais, après le concert, il avait couru dans la salle du Conseil, où s'étaient retirés les cinq vieillards, sans se soucier de leur autorisation.
– Pour qui vous prenez-vous ? ajouta un autre membre. Vos pouvoirs de chef de la milice vous montent à la tête !
Hélio avala sa salive. Avec les Décideurs, le risque de connaître la prison pour une parole déplacée ou

un geste mal interprété était grand. Hélio trouvait insupportable d'être dirigé par ces vieillards ; il n'aurait pas hésité à leur trancher la tête pour prendre leur place. Mais l'heure n'était pas encore venue…

Il prit son courage à deux mains et parla avant la fin des quinze secondes réglementaires.

– J'applique la procédure d'urgence que vous m'avez autorisé à utiliser lors de ma nomination au poste de chef de la milice, notifia-t-il d'une voix assurée.

Sa déclaration avait troublé les membres du Conseil. Ils échangèrent des regards à la fois surpris et inquiets.

– La procédure d'urgence ? répéta l'un d'eux.

– Oui, Décideurs, celle qui me permet de vous déranger n'importe où, à n'importe quel moment, précisa Hélio, qui voyait que ses paroles avaient produit leur petit effet.

Il sentit qu'une peur sournoise commençait à se glisser dans le cœur des vieillards. Il se redressa et les fixa avec intensité. La cicatrice autour de ses yeux soulignait le noir de ses pupilles. « À votre tour de trembler », songea-t-il.

Pentraol, jusque-là silencieux, s'éclaircit la voix et s'adressa au chef de la milice.

– Mais la procédure d'urgence ne peut être appliquée que dans une seule circonstance…

– Cette circonstance s'est produite, messeigneurs ! rétorqua Hélio.
– Vous voulez dire ?...
– Un Chantelune s'est révélé ! lança Hélio.
– Vous devez faire erreur ! Un Chantelune, un Chantelune... ce n'est pas possible ! clamèrent en chœur deux Décideurs.
Hélio se rappela le jour de sa nomination. Les membres du Conseil avaient été très clairs ; sa véritable mission était de surveiller les chorales, et de les prévenir si un Chantelune apparaissait. Un autre que lui n'aurait pas pris la chose au sérieux, car tous sur Ithos pensaient que le Chantelune, cet être merveilleux dont les chants posséderaient des pouvoirs surnaturels, n'était qu'une légende racontée aux enfants, mais Hélio, lui, savait que les légendes ne surgissent pas du néant. Et il le savait pour une raison qui remontait à sa lointaine enfance, une période de sa vie qu'il gardait comme un secret dans le tréfonds de son souvenir.
Alors, quand les Décideurs lui avaient confié cette mission de surveillance des chorales, il avait saisi les motifs cachés de ces vieillards : la survenue d'un Chantelune annoncerait la fin de leur pouvoir s'ils ne parvenaient pas à le contrôler.

– Et quel est l'homme que vous prenez pour un Chantelune ? le questionna Pentraol, qui, de tous les Décideurs, paraissait le moins bouleversé par cette annonce.
– Ce n'est pas encore un homme, mais un garçon de douze ans. Sven Owen, élève de Pérenne, répondit Hélio.
– Un enfant ! Le Chantelune ne peut être un enfant, vous divaguez ! s'emporta un membre du Conseil. Il faut de la maturité pour avoir la puissance d'un Chantelune.
– Il est précoce, mais je n'ai aucun doute à son sujet, insista Hélio. C'est lui qui a fait chavirer les cœurs de la planète entière ce soir !
– Pfou ! ils étaient deux mille sur la scène, gloussa un Décideur, et vous prétendez que, parmi tous ces chanteurs, vous avez repéré celui qui était à l'origine de ce vent d'émotion ? Vous êtes un…
Pentraol leva légèrement la main afin de calmer ses confrères.
– Nous avons sélectionné Hélio précisément pour cela, dit-il d'une voix paisible, où perçait néanmoins une vague critique à l'égard des quatre autres Décideurs. Sa capacité d'écoute est excellente…
Les membres du Conseil perçurent cette intonation subtile, et un voile de crainte glissa sur leurs traits

émaciés. Hélio en profita pour formuler une requête :

– Donnez-moi l'autorisation de le supprimer.

Les membres du Conseil tournèrent leur regard vers Pentraol.

– Et si vous vous trompiez ? demanda ce dernier.

Hélio esquissa un sourire cruel :

– Oh, ce ne serait pas le premier innocent à mourir ! Je surveille Pérenne, son professeur, depuis un moment. J'avais remarqué qu'il prenait grand soin de cet enfant.

– Vous pensez que Pérenne fait partie de cette confrérie secrète qui guette depuis toujours la venue d'un Chantelune ?

– Je n'en ai pas la preuve. Le vieux Grogne-loup est un malin, il sait être discret.

D'un geste de la main, Pentraol demanda à Hélio de reculer de quelques pas, puis il invita les membres du Conseil à s'approcher. Hélio n'entendit pas ce qu'il leur murmura, mais il lui sembla évident qu'il tentait de les convaincre de la gravité de la situation. Pentraol était le seul apparemment qu'un tel événement ne surprenait pas.

Le plus âgé des Décideurs se détacha enfin du groupe et s'adressa au chef de la milice d'une voix étrangement froide et sereine :

– Vous avez carte blanche pour les arrêter tous les deux et les faire parler !

Un sourire ravi déforma les lèvres d'Hélio. Il salua les Décideurs sans respecter les quinze secondes du protocole, puis quitta la salle du Conseil. Il allait certes remplir la mission qu'on venait de lui confier, mais il réfléchissait déjà à la meilleure manière d'en tirer tout le profit pour lui-même.

– Pérenne, Sven Owen, murmura-t-il en se dirigeant vers ses hommes, vous ne savez pas encore tout le mal que je vais pouvoir vous faire…

Chapitre 4

– Je te l'avais pourtant interdit ! Tu n'es qu'un fou, un inconscient !
Pérenne marchait à grands pas dans l'atelier de musique. Il parlait d'une voix dure et inquiète à Sven Owen, assis dans un grand fauteuil de cuir rouge. Jamais le vieil homme n'avait été aussi furieux contre son élève. Il y avait plus que de la colère dans l'expression de son visage : il y avait une profonde angoisse, et même un désarroi qui semblait démesuré au jeune élève.
– Je n'ai fait que chanter comme tu me l'as enseigné ! protesta Sven Owen. Il n'y a pas de quoi en faire une montagne !
– Ah non, s'écria le professeur, je ne t'ai jamais appris à utiliser ta voix comme ça ! Personne avant toi n'avait produit des notes pareilles ! C'était… c'était magnifique !
Sven Owen ne comprenait vraiment pas ce qui avait

provoqué une telle colère de son professeur. S'il avait bien chanté, où était le problème ? C'était absurde ! Ne fallait-il pas donner le meilleur de soi-même lorsqu'on se produisait en public ?

– Je t'avais interdit de te faire remarquer, reprit le vieil homme. Tu as idée du nombre de personnes qui t'ont entendu ce soir ?

– Plusieurs millions, je pense... Mais je n'étais pas seul. Nous étions deux mille garçons dans la chorale. Et j'ai tout de même veillé à ne pas laisser trop monter ma voix.

Le professeur abattit son poing sur son bureau :

– Tu n'es qu'une tête de mule ! Ton chant a dominé celui des autres ! Ta voix a plané dans le théâtre et chacun de tes sons a bouleversé les gens. As-tu remarqué comme tout le monde a pleuré ?

Le vieil homme cessa de crier. Les larmes qu'il avait retenues durant le concert s'échappèrent soudain de ses yeux.

– Pérenne, je ne le referai plus, je te le promets.

La vue des larmes de son vieux professeur avait troublé le garçon. « Ai-je chanté si bien que ça ? se demanda-t-il. Ma voix a-t-elle la capacité de bouleverser un tel connaisseur de la musique ? »

Pérenne s'approcha de lui et plongea son regard dans

le sien. Sven Owen remarqua que la lèvre inférieure du vieil homme tremblait.
– Écoute-moi bien ! commença le professeur. Ta vie est maintenant en danger ! Il faut absolument que tu croies tout ce que je vais te raconter.
Sven Owen le regarda avec une immense surprise. Comment sa vie pouvait-elle être en danger simplement parce qu'il avait été excellent ? Pérenne devenait-il fou ?
– Non, je ne suis pas fou ! dit soudain le maître de chant comme s'il avait lu dans les pensées de son élève. Je dois te révéler un secret qui, lui, est fou : tu es un Chantelune, mon ami !
– Un Chantelune ? répéta Sven Owen en grimaçant.
Il resta ainsi quelques secondes les yeux écarquillés, puis fut secoué par un fou rire.
– Ah, Pérenne, tu m'as fait peur ! C'est encore une de tes blagues ! Moi, un Chantelune ? Je ne crois plus au Chantelune depuis que j'ai quatre ans ! Et tu voudrais me faire croire que, moi, j'en suis un ? Le Chantelune est une légende, tout le monde le sait !
– C'est faux ! intervint Pérenne d'un air très grave. Le Chantelune existe, et il est là, devant moi !
Sven Owen ne savait plus comment réagir. Les paroles de son maître étaient dénuées de toute logique ;

pourtant il avait l'air le plus sérieux du monde. Le chanteur ouvrit la bouche pour le questionner davantage, quand, soudain, quelqu'un tambourina violemment à la porte.

– Ouvrez, c'est un ordre ! aboya une voix autoritaire.

Pérenne se redressa d'un bond et saisit le bras du garçon pour l'entraîner vers un coin de l'atelier.

– Que se passe-t-il ? bégaya Sven Owen.

– Chut ! Pas le temps de t'expliquer ! répondit le professeur en appuyant sur l'un des boutons de sa ceinture.

Sous les yeux étonnés de Sven Owen, une issue secrète s'ouvrit alors dans les vieilles pierres. Ils passèrent aussitôt de l'autre côté du mur, qui se referma silencieusement derrière eux.

Chapitre 5

Le vieux professeur de chant et son élève se retrouvèrent dans un corridor humide où régnait l'obscurité totale.

– On n'y voit rien, dit Sven Owen un peu inquiet.

Sa voix réveilla un écho, le faisant sursauter.

– Chut, pas un mot ! murmura Pérenne. Regarde !

Il souleva un rideau qui dissimulait une petite lucarne donnant sur l'atelier de musique.

Un terrible craquement retentit à cet instant. La porte de la pièce sauta, et Sven Owen vit une dizaine de soldats de la milice s'engouffrer dans la pièce. Il recula de crainte d'être aperçu.

– Rassure-toi, ils ne te verront pas, chuchota Pérenne. C'est un miroir sans teint.

Les hommes habillés de noir fouillèrent l'appartement de Pérenne, renversant les tables, arrachant les rideaux. Dans leurs mains crépitaient des vibrillons. Ces courts fusils pouvaient ou bien paralyser un homme, ou bien le tuer, en fonction du réglage choisi. Une longue silhouette apparut dans l'atelier. Sven Owen reconnut aussitôt cette cape rouge et noir et cette cicatrice autour des yeux : Hélio ! Hélio, le chef de la milice ! « S'il s'est déplacé en personne, songea le garçon, l'affaire doit être très sérieuse. »

– Alors, vous les avez trouvés ? rugit l'envoyé du Conseil d'une voix rauque.

– Ils ont disparu ! répondit un soldat.

La cicatrice du chef de la milice devint d'une couleur violet foncé. Les traits de son visage se crispèrent comme s'il allait se mettre à hurler. Il serra les poings si fort que ses articulations craquèrent. Sa respiration se bloqua un instant ; puis, tandis qu'il expirait, sa face se détendit un peu.

– Ils se sont donc enfuis, dit-il enfin d'un ton parfaitement maîtrisé. Très bien. La chasse sera plus palpitante. Soldats, détruisez cet atelier et tout ce qui appartient à ces deux fuyards.

Les hommes réglèrent leurs vibrillons et tirèrent dans tous les sens. Les rayons des fusils enflammèrent les fauteuils et les rideaux, firent éclater les statues qui décoraient la pièce. Tout vola en éclats. En quelques secondes, il ne resta plus rien du magnifique atelier de Pérenne ni des affaires de Sven Owen.

Hélio contemplait avec une réelle satisfaction le travail de ses hommes. Il les regarda avec un sourire complice ; puis, d'un coup, il se mit à hurler :
– Maintenant, écoutez-moi bien, bande d'incapables ! Vous allez chercher dans tout le Palais des Chants, et dans toute la capitale s'il le faut. Ce sale gamin et ce prétentieux de Pérenne ne doivent pas nous échapper. J'espère que vous m'avez bien compris. S'ils arrivent à quitter la ville, j'en prendrai trois au hasard parmi vous, et, croyez-moi, ils ne seront pas beaux à voir quand j'en aurai fini avec eux. Exécution !
Les hommes sortirent en courant de l'atelier de Pérenne. Ils savaient qu'Hélio ne proférait jamais des menaces à la légère. Ils partirent donc à la recherche des fuyards : leur vie en dépendait.
Hélio s'apprêta à les suivre lorsque soudain il se ravisa. Il se retourna lentement et se délecta une dernière fois du spectacle désolant de l'appartement en ruine. Il huma l'air comme un loup sur une piste, sourit méchamment, puis murmura pour lui-même :
– Je sens qu'ils ne sont pas loin…
Il fit demi-tour. Sa large cape vola dans les airs. Puis la silhouette disparut comme un fantôme.

Pérenne laissa retomber le rideau de la lucarne, et l'obscurité revint dans le corridor. Sven Owen était choqué.

– Ils... ils ont tout détruit! souffla-t-il, hésitant entre l'envie de pleurer et celle de crier sa colère. Pourquoi ont-ils fait ça? Parce que ma voix est différente? Parce que j'ai chanté mieux que les autres? C'est complètement, complètement...

Pérenne lui posa la main sur l'épaule en un geste d'apaisement:

– Ta voix n'est pas seulement *différente*, Sven Owen. Elle possède un pouvoir qu'Hélio et les membres du Conseil planétaire voudraient à tout prix contrôler.

– J'aurais un pouvoir, moi? releva le garçon d'un ton dubitatif. Mais lequel? Dis-moi, Pérenne!

– Tu dois le découvrir toi-même. Sans que tu t'en doutes, je t'ai entraîné pour cela. Tu sais déjà produire des émotions fantastiques. Tu dois maintenant faire jaillir ton chant de Chantelune!

– Mais je ne suis pas un Chantelune! protesta le garçon. Et les voix n'ont pas le moindre pouvoir! C'est une légende.

– Tu crois ça? Alors écoute et regarde.

Pérenne entonna une légère mélodie, et soudain une lumière apparut dans le noir. Ses mains luisaient comme des torches, éclairant le couloir secret !

– Comment fais-tu cela ? balbutia Sven Owen, totalement subjugué.

– Je chante en utilisant le pouvoir ! Mais ne perdons pas de temps. Suis-moi !

Chapitre 6

Pérenne et Sven Owen marchèrent longtemps dans des souterrains humides. Des moomrats, des rongeurs à deux têtes, s'enfuyaient à leur passage en poussant des cris aigus. Des flistrilles volantes abandonnaient les vieilles pierres et frôlaient leurs têtes sans un bruit.

– Je n'aime pas cet endroit ! dit le garçon d'un ton dégoûté. Il paraît que les flistrilles se prennent dans les cheveux et vous mordent le crâne pour se dégager.

– C'est une légende, répondit le vieil homme.

– Comme le Chantelune !

Pérenne se retourna et planta ses yeux dans ceux de son élève. Il leva sa main droite pour mieux éclairer son visage. Ses doigts étaient fluorescents et l'on pouvait voir ses os en transparence.

– Écoute, tête de moomrat ! insista-t-il. Tu crois encore que le Chantelune est une légende ? Alors, fais demi-tour et va trouver Hélio pour le lui dire ! Car si ton esprit est trop borné pour saisir toute l'ampleur de ce qui t'arrive, je puis t'assurer que ce sale type, lui, a parfaitement compris ce qui s'est produit !

Sven Owen repensa à l'horrible figure du chef de la milice, à sa voix éraillée, à ses yeux cruels entourés de la cicatrice violette.

– Que me veut-il ?

– Ta voix ! Il veut ta voix, mon ami, je te l'ai dit… As-tu remarqué qu'il assiste toujours aux concerts des chorales ?

– Oui, et alors ?

– Tu ne trouves pas ça curieux de la part du chef de la milice ? Tu ne penses pas qu'il aurait d'autres chats à fouetter ? Je vais te dire : il guettait ta venue comme un prédateur guette une proie ! C'est un ancien chanteur, qui a perdu sa voix dans un grave accident. Il connaît les chants. C'est pour cela que le Conseil planétaire l'a choisi. Il a pour mission d'écouter et de signaler l'apparition d'un Chantelune. Et comme tu as fait le malin, il t'a entendu et reconnu !

– Je ne savais pas, dit le garçon en haussant les épaules. Pourquoi ne m'as-tu rien dit avant ?

Pérenne soupira doucement :

– Je n'étais pas sûr que tu étais un Chantelune. Et… Ah ! Qu'est-ce que c'est ?

Le professeur porta les mains à ses cheveux. Une jeune flistrille venait de s'accrocher à ses cheveux.
– La sale bête ! maugréa-t-il en la retirant.
Sven Owen ne put s'empêcher de rire :
– Alors, comme ça, les flistrilles dans les cheveux, c'est une légende ?
– C'est malin ! grogna le professeur. Allez, on repart ! Hélio ne perd pas de temps, lui !
Ils marchèrent encore une petite heure, puis Pérenne appuya sur un bouton de sa ceinture, et une porte s'ouvrit dans le mur gris et humide. Ils sortirent dans une rue déserte.
– Où sommes nous ? demanda Sven Owen.
– Toujours dans Shan-Lu, répondit Pérenne.
– Ça, je m'en doute ! Mais où précisément ? Il nous faut une cachette !
– J'ai une petite idée, mon garçon.
Des sirènes retentissaient dans la ville. Deux volporteurs de la milice traversèrent la rue un peu plus loin à toute vitesse.
– Ils nous cherchent drôlement ! commenta Sven Owen. Nous devons trouver un véhicule.
– Je suis d'accord avec toi !
Ils longèrent les murs dans l'ombre jusqu'au carrefour le plus proche. Des bulles flottantes éclairaient

l'endroit de leur lueur blafarde. Les enseignes lumineuses des boutiques n'étaient plus allumées à cette heure-ci, et le quartier était désert. Tout le monde devait dormir. La semaine des concerts avait pris fin le soir même, et la loi interdisait aux gens de poursuivre la fête en dehors des dates et heures fixées. Le Conseil planétaire appréciait l'ordre et n'hésitait pas à emprisonner les contrevenants.

Toute personne sortant la nuit sans autorisation était considérée comme un terroriste et arrêtée sur-le-champ.

– Regarde ! s'écria Sven Owen en pointant son doigt vers l'autre côté du carrefour. Un taxiporteur !

Ils traversèrent rapidement en regardant de tous les côtés. Comme la plupart des gens de sa profession, le chauffeur du taxiporteur dormait dans son véhicule. Cela économisait le prix d'une location d'appartement, qui était hors de prix à Shan-Lu.

Pérenne ouvrit doucement la portière et chantonna. Sous les yeux éberlués de Sven Owen, le chauffeur se redressa lentement sans se réveiller et mit en marche le moteur.

– Vite, grimpe ! lança Pérenne à son jeune compagnon.

Le taxiporteur décolla du sol de cinquante centimètres,

flotta un instant sur place, puis fila au-dessus de la route.
– Où va-t-on ? demanda Sven Owen.
Pérenne ne répondit pas. Il chantonnait en guidant le chauffeur, qui conduisait, les yeux toujours fermés.

Chapitre 7

Comment le chauffeur pouvait-il conduire son taxiporteur tout en continuant à dormir ?

Depuis qu'il s'était enfui avec son vieux professeur de chant, le garçon allait de surprise en surprise. Les murs s'ouvraient, la lumière jaillissait des mains… Tout cela était incroyable ! Et, en plus, il était, paraît-il, un Chantelune. Un Chantelune ! Lui, Sven Owen !

– Je peux savoir où nous allons ? demanda-t-il encore une fois.

Pérenne interrompit son chant une petite seconde pour lui répondre :

– Chez une amie qui…

Il ne put finir sa phrase. Le chauffeur endormi avait tourné brutalement le volant, et le taxiporteur changea de direction.

– Bon, j'ai compris, dit Sven Owen en s'accrochant

au siège, ne parle plus. Reste concentré, sinon on finira dans un mur !

Le taxiporteur retourna sur la route et continua son chemin en flottant.

Sven Owen n'avait pas souvent l'occasion de monter dans un volporteur. Il aimait cette sensation d'apesanteur. La route était fabriquée en magnétite, comme le dessous des volporteurs. Le contact entre les deux provoquait l'effet magnéto, que tout le monde appelait effet Mag-T.

Sur Ithos, les véhicules utilisaient l'effet Mag-T, tout comme les maisons flottantes qui entouraient Shan-Lu et les autres grandes villes du monde.

– C'est superbe ! s'exclama Sven Owen en découvrant les premières habitations de la périphérie.

Il n'en avait jamais vu de pareilles. Il était né au centre de Shan-Lu, où tout était bâti en pierres posées sur le sol. À part les volporteurs, rien ne flottait.

Une multitude de petites lumières vertes et rouges clignotaient autour de chaque maison. C'était très beau à voir. Le Palais des Chants était si triste à côté de ça !

Plusieurs fois ils durent s'arrêter dans des stations de taxiporteurs pour éviter les patrouilles de la milice qui sillonnaient la ville. Ils avaient failli être découverts à de nombreuses reprises, mais Pérenne avait alors modifié la nature de son chant, et le taxiporteur avait semblé devenir invisible aux yeux des miliciens. Cependant, plus le temps passait, et plus le professeur paraissait fatigué, comme si chantonner l'épuisait, surtout lorsqu'il devait guider le chauffeur et veiller à dissimuler le véhicule. « Que se passera-t-il, songea Sven Owen, si le chant ne produit plus d'effet ? » Il n'eut pas de réponse à cette question, car le taxiporteur s'arrêta soudain à un carrefour.

– On descend là, annonça Pérenne.

Ils quittèrent aussitôt le véhicule, abandonnant le chauffeur à son sommeil.

– Il aura une drôle de surprise quand il se réveillera ! affirma Sven Owen. Il s'est endormi au centre de Shan-Lu, et il ouvrira les yeux soixante-dix kilomètres plus loin !

– Vite ! Le jour va se lever.

Ils marchèrent encore une dizaine de minutes. Par précaution, Pérenne avait préféré descendre loin du lieu où ils se rendaient.

Ils arrivèrent enfin devant une immense maison flottante de plusieurs étages. Pérenne tapota sur l'un des boutons de sa ceinture. La porte s'ouvrit, une passerelle s'abaissa. Ils la gravirent sans tarder. Au seuil

de la demeure, une voix douce les accueillit :
– Bienvenue à vous, mes amis.
Une vieille femme était là, habillée à l'ancienne mode de Shan-Lu avec une longue robe bleu outremer.
– J'ai suivi le concert en holographie, et je me suis doutée que les problèmes allaient commencer, déclara-t-elle avant de prendre Pérenne dans ses bras.
Elle le serra longuement contre elle, et l'on pouvait sentir entre eux deux une profonde tendresse. Il était extrêmement rare sur Ithos que des gens témoignent leur affection en public, surtout s'il s'agissait de personnes âgées.
Sven Owen voyait pour la première fois son vieux maître embrasser une femme. Bien qu'il fût lui-même ému et émerveillé, il était un peu gêné. Il détournait le regard quand il reçut soudain une grande claque dans le dos :
– Eh bien mon pote, ma grand-mère et ton grand-père ont l'air de beaucoup s'aimer !
Sven Owen pivota d'un bloc. Un garçon un peu plus vieux que lui le regardait avec un petit sourire. Il tenait dans ses mains un drôle d'objet.

Chapitre 8

– Ce n'est pas mon grand-père, c'est mon prof de chant ! lança Sven Owen, qui n'avait pas apprécié l'attitude familière du garçon.

– Ah ! Tu es un chanteur ! Moi, je chante comme une casserole ! Écoute un peu : aaiuguuurt...

Sven Owen grimaça.

– Cela suffit ! protesta-t-il.

– Je t'avais prévenu ! On dirait un moomrat qui s'est coincé la queue dans une porte, tu ne trouves pas ?

Sven Owen ne put s'empêcher de sourire :

– J'ai connu des moomrats avec la queue coincée qui chantaient beaucoup mieux que ça !

Pérenne s'approcha d'eux :

– Je vois que vous avez fait connaissance ! Viens que je te présente à Mady Finn, une vieille amie à moi. Quant à ce coco, il s'appelle Aold Finn.

– Pour te servir ! déclara le garçon le saluant à l'ancienne mode, tête penchée en avant et bras écartés.

Mady Finn les entraîna vers un salon, où un petit déjeuner était servi. Sven Owen avala les tartines et bu le ouacola chaud. Il grignota ensuite quelques pastilles vitaminées.
– Tu ne veux pas te débarbouiller un peu ? lui demanda Mady.
Sven Owen accepta de bonne grâce. Les souterrains n'étaient pas très propres. Une bonne douche-laser lui ferait le plus grand bien. Aold Finn le conduisit à la cabine de nettoyage.
Il voulut ôter ses vêtements, mais Aold Finn l'arrêta d'un geste :
– Hé, bonhomme ! Ici on a une laser 4 ! Inutile d'enlever tes frusques ! Un petit coup, et tout sera propre : le bonhomme et ses vêtements. Et si tu as des puces, elles seront comme neuves elles aussi !
Il appuya sur la commande et une sorte de brouillard bleuté entoura Sven Owen. L'opération dura deux secondes.
– Alors, qu'en penses-tu ? C'est rapide, hein ? Je suis sûr qu'au Palais des Chants tu restes là-dedans au moins dix secondes !
– Faut pas exagérer ! protesta Sven Owen. On a une laser 3, elle te lave en six secondes.
– Six secondes ? Trop long pour moi ! Je préfère

encore rester sale ! Je n'ai pas de temps à perdre, moi, je suis occupé !
– Qu'est-ce que tu fais ?
– Je bricole…
Sven Owen fixa l'étrange objet qu'il avait remarqué en entrant : une sorte de boîtier en forme de croissant avec des touches dorées. Il était à présent accroché à la ceinture du garçon.
– C'est ça que tu regardes ? dit Aold Finn en détachant l'objet. C'est mon boom !
D'un geste vif, il appuya sur une touche, et une petite aile apparut de chaque côté du croissant métallique.
– Un boom d'attaque ! Fabrication maison. Complètement informatisé ! Plus de cent coups possibles au programme !
Sven Owen avait entendu parler des boomerangs, ces armes étranges de la planète Terre, qu'on utilisait uniquement pour chasser les gourous ou faire des concours d'adresse.
– Comment est-ce que tu connais les boomerangs ? Tu te prends pour un Terrien ? demanda-t-il.
– Un Terrien ! N'importe quoi ! s'esclaffa Aold Finn. D'abord, les Terriens, ils étaient tous chauves ; et, moi, j'ai des cheveux ! Regarde un peu le trajet que je vais programmer.

Il tapota sur le minuscule clavier et lança le boomerang de toutes ses forces dans la pièce.
– Tu es fou ! s'écria Sven Owen. Tu veux…
Il s'interrompit en constatant que le boomerang changeait de direction à un centimètre des objets qu'il rencontrait sur sa trajectoire.
– Tu as vu ça ? hurlait Aold Finn, excité.
– Arrête-le tout de suite ! lança Sven Owen.
Le boomerang l'avait par deux fois frôlé de très près.
– Je ne peux pas, il s'arrête tout seul.
En effet, quelques secondes plus tard, le boom revint dans la main du garçon.
– Génial, non ? Il n'y en a pas deux sur Ithos.
– Génial, approuva Sven Owen, mais un peu dangereux dans une pièce, tu ne crois pas ?
– Bof, peut-être… Attends, j'ai autre chose à te montrer.
Tout en guidant le chanteur dans le dédale des couloirs de la maison, Aold Finn expliquait à Sven Owen qu'il était très prudent.
– Mes inventions sont un peu folles, mais pas moi. Je les contrôle, je les maîtrise ; j'assure, quoi ! Je suis hyperdoué ! J'ai inventé des chaussures et des bracelets à effet Mag-T. Tu flottes sur les routes en magnétite. C'est top, mon vieux !

Ils arrivèrent devant une porte de fer, où un panneau « Interdit d'entrer sous peine de désintégration immédiate ! » accueillait les visiteurs.

– C'est à cause des élèves de ma grand-mère ! expliqua Aold Finn en glissant une clé dans la serrure. Les chanteuses, ça fouine partout ! Ici, c'est mon petit domaine à moi ! Mon atelier-garage. Je vais te montrer quelque chose de super top. Tu es prêt ? Attention les yeux !

Le garçon fit durer le suspens un instant, puis il ouvrit la porte d'un coup.

– Tein tein ! Je te présente mon volpote de course !

Sven Owen découvrit un magnifique volporteur décapotable peint de couleurs vives, garé au centre de la pièce.

– Pas très discret ! commenta-t-il.

– Peut-être, mais supercool !

– Tu n'as pas l'âge de le conduire.

– Hé ! Si j'ai l'âge de le construire, j'ai l'âge de le conduire, tu ne crois pas ?

Sven Owen ne répondit pas. Il admirait l'engin. Sur la carrosserie peinturlurée, on apercevait à certains endroits un visage de jeune fille entouré de brume.

– Qui est cette fille ? demanda le jeune chanteur.

– Quelle fille ? Je n'ai pas peint de fille, moi, répondit Aold Finn.

Il fit le tour du véhicule et examina la carrosserie :
– Où vois-tu une fille ?
– Ici, précisa Sven Owen en pointant son doigt.
– Ce n'est pas une fille… N'importe quoi ! Je vois une forme, mais pas de fille. Tu délires !
– Si, c'est une fille ! insista Sven Owen, avec des longs cheveux, et deux yeux, là. Elle est dans la brume.
– Trop d'imagination, mon vieux !
Sven Owen se redressa soudain. Il avait entendu son nom murmuré par une voix inconnue.
– On m'a appelé, dit-il.
– Hein ? Comment, qui t'a appelé ?
– Une voix.
Aold Finn eut un large sourire :
– Et, en plus, tu entends des voix. Tu es un cas !
– Je ne suis pas fou ! protesta le chanteur.
– C'est sans doute ma grand-mère.
– Non, c'était une voix de jeune fille.
– Décidément, tu ne penses qu'aux filles. Il y en a plusieurs ici pendant la journée, des élèves chanteuses, mais pas la nuit ! S'il y avait une fille dans cette maison, je le saurais, crois-moi. Moi, je les adore. Elles me trouvent beau et amusant, et bien plus intéressant que les autres garçons de mon âge.
– Ça va, les rotules ? Si elles pensent tout ça de toi,

c'est que tu ne connais que des filles stupides ! répondit d'un ton agressif Sven Owen.
Lui, il n'en connaissait pas beaucoup. Les élèves de Pérenne étaient tous des garçons. À vrai dire, il n'avait même jamais parlé à une fille. Ce n'était pas qu'il les fuyait : il n'en avait jamais eu l'occasion. Si Aold Finn l'apprenait, il se moquerait de lui, c'était certain.
Il regarda une fois encore le dessin sur la carrosserie du volporteur. Curieusement, il n'y vit plus que des traits et des couleurs sans signification. Le visage avait disparu. Il fronça les sourcils.
Soudain, celui-ci réapparut. Il pensa alors que, s'il se plaçait sous un certain angle, il décelait un visage et, s'il changeait de point de vue, un dessin sans forme. Mais, pour la voix, s'était-il trompé ou avait-il véritablement entendu ce murmure lointain et mélodieux ?

Chapitre 9

Pendant ce temps, Pérenne et Mady Finn évoquaient les événements de la soirée.

– Alors, tu es sûr que c'est un Chantelune ! dit la vieille femme.

– Jusqu'à aujourd'hui, je n'en avais pas la certitude, mais la réaction d'Hélio confirme mes intuitions. Maintenant, il veut s'emparer du garçon.

– Il est vrai que son chant de ce soir était bouleversant ! Pourtant, d'après la légende, les Chantelunes se révèlent vers vingt-cinq ans. Jamais aussi jeunes.

– Ma brave Mady, nous ignorons la véritable nature des Chantelunes ! déclara le vieux professeur. D'où nous vient notre savoir ? De vagues histoires transmises par les membres de la confrérie, des chants, des textes que nous avons appris par cœur quand nous étions des enfants… Pas grand-chose, avoue !

– Mais nous avons cette certitude au fond de nous, non ?

– Oui… Pourtant plusieurs avant nous se sont précipités, croyant découvrir des Chantelunes dans des enfants simplement doués pour le chant. Ils leur ont appris les mélodies secrètes, et ont failli provoquer des catastrophes.
– Posséder ce pouvoir-là sans avoir conscience du bien et du mal est dangereux, tu as raison. Sven Owen a-t-il le cœur bon ?
Pérenne lissa sa barbe avant de répondre. Comme il était difficile de connaître le cœur de quelqu'un et de déclarer si les sentiments d'un être prenaient racine dans la bonté ou dans une terre plus sombre !
– Je suis sûr que son esprit est sain, répondit-il enfin, et que son fond est bon, même s'il est un peu froid. Ses parents sont morts quand il était bébé, et son oncle l'a élevé sans amour.
– Cependant, toi, tu lui as donné de la chaleur et le sens du respect des autres, intervint Mady en souriant.
– Le respect, oui, mais la chaleur ? releva Pérenne en faisant une grimace. Dans les couloirs du Palais des Chants, on me surnomme Nours-mal-léché, ne le sais-tu pas ?
– Oh si, mais tu es un bon Nours-mal-léché !
Les deux vieux amis rirent un court instant, puis Mady

s'approcha et passa ses doigts dans les cheveux blanchis de Pérenne.
– L'amour s'apprend au contact de l'amour, affirma celui-ci avant d'embrasser son amie.
– Tu as raison. Je crois que je connais quelqu'un qui pourrait rendre son cœur moins froid et son esprit plus sage.
– Si tu penses à Aold, ton petit-fils, je crains que tu ne te fasses des idées ! plaisanta Pérenne.
– Non, non, s'empressa de dire Mady, il s'agit d'une autre personne. D'une jeune élève, une chanteuse qui est venue ce soir pour suivre mes cours. Contrairement à mon habitude, j'ai décidé de la prendre comme pensionnaire. Elle est si… troublante !
Le ton sur lequel Mady avait prononcé la fin de sa phrase attisa la curiosité de Pérenne. Il plongea son regard dans celui de sa vieille amie :
– Sous-entendrais-tu que ?…
Mady hocha la tête, songeuse :
– Les coïncidences sont étonnantes. Elle est orpheline, elle aussi, son visage correspond aux descriptions de BrumeVent, la compagne du Chantelune, transmises par les vieilles complaintes. Une chevelure de nuit, des yeux de fougères tendres, une peau de lune…

– Et sa voix ? la coupa Pérenne, impatient.
– Elle s'unira à la perfection à celle de Sven Owen.
Le visage de Pérenne exprimait la gravité et la satisfaction. Il passa sa main dans sa chevelure et émit un grognement curieux :
– Tous ces signes sont évidents, mon amie. Je regrette d'avoir trop tardé à instruire ce garçon ! Je dois lui enseigner au plus vite les chants secrets que nous connaissons. En espérant que j'en aurai le temps…

Chapitre 10

Sven Owen pénétra dans une pièce sombre. Seul un petit rayon de soleil filtrait à travers une lucarne. Les murs étaient recouverts d'épais tissus mauves, et un lourd silence régnait ici. Pérenne était assis sur un petit tabouret de bois.
– Vous avez souhaité me…
Sven Owen n'acheva pas sa phrase. Curieusement, alors qu'il avait parlé d'une voix normale, les paroles sorties de sa bouche n'étaient qu'un murmure. La pièce semblait absorber les sons.
– C'est étrange, observa Sven Owen, on dirait que l'air mange mes mots.
Pérenne esquissa un sourire et invita son élève à s'asseoir devant lui sur un pouf moelleux.
– Mady Finn a tapissé cette pièce avec des tissus qu'elle a elle-même fabriqués, expliqua-t-il. Leurs replis piègent les sons.
– J'ai l'impression de chuchoter.

– C’est exactement ce que Mady a voulu. Cela permet de mieux contrôler sa voix, son chant.
– Mais qui utilise cette pièce ? Pas Aold Finn ! Il coasse comme une crapaude des marais.
– Mady est professeur de chant, comme moi, expliqua Pérenne. Elle entraîne ici ses élèves.
– Tu lui as dit… pour moi ?
Pérenne hocha de la tête :
– Nous attendions l’un et l’autre ta venue. Nous faisons partie de la confrérie du Chantelune. C’est une société secrète qui forme des chanteurs depuis des siècles dans l’espoir de voir surgir un être possédant les qualités d’un Chantelune. La milice d’Hélio nous traque sans répit.
– Hélio sait donc que tu fais partie de cette confrérie ?
– Je le crois, oui. Jusque-là, il s’est contenté de me surveiller. Il attendait son heure… Mais ne perdons pas notre temps. Je dois t’apprendre à produire certains sons qui te seront utiles. Détends-toi comme je t’ai appris.
Sven Owen s’installa confortablement, redressa légèrement le dos, secoua ses épaules pour dénouer les muscles du haut du corps, tourna la tête dans toutes les directions pour bien libérer la nuque, respira plusieurs fois de suite à la manière d’un chien haletant,

puis acheva par deux longues inspirations.
– Je suis prêt, dit-il.
– Bon, maintenant, essaie de reprendre les mélodies que je vais chanter.
Durant les premières secondes, Sven Owen n'entendit rien ; puis il perçut un murmure grave, lointain, comme l'écho à peine audible d'un roulement de tonnerre. Il tenta de l'imiter.
Pérenne ne remuait pas les lèvres. La vibration venait de sa gorge. Sven Owen pensa à une corne de brume, ou à la sirène d'un paquebot flottant à l'autre bout d'un océan. Il avait du mal à reproduire ce qu'il entendait. Les notes étaient basses, profondes. Il lui fallait descendre en lui-même, solliciter ses cordes vocales comme jamais il ne l'avait fait.
L'exercice dura longtemps. Des gouttes de sueur perlaient à son front. Bizarrement, il avait chaud et froid en même temps. Puis, tout à coup, sa gorge se mit à vibrer avec une force surprenante, et un son à la fois aigu et grave en sortit, remplissant toute la pièce.
Sven Owen n'entendait plus Pérenne ; il ne remarqua pas que son maître avait cessé de chanter. Il se concentrait sur sa voix et sur ce son si particulier qu'il était parvenu à obtenir. Pourtant, il ne s'agissait plus des sonorités de Pérenne. Ce qui jaillissait de sa gorge

était nouveau, inconnu. Il entrouvrit les yeux. Les murs de la pièce avaient disparu ; d'étranges paysages aux mille couleurs l'entouraient à présent. Il était seul, et ne comprenait pas ce qui se passait. Chantait-il toujours, ou était-il lui-même devenu le chant ?

Le sentiment qu'il éprouvait lui procurait des bouffées de joie, d'exaltation. Tantôt, il manquait d'oxygène ; tantôt, au contraire, il avait l'impression de se noyer dans l'air. Par instants, il se voyait tomber dans le vide, puis remonter à une vitesse vertigineuse, et le décor autour de lui tourbillonnait.

Combien de temps cette expérience dura-t-elle ? Il n'aurait su le dire. Le temps n'avait plus la même saveur.

Enfin, l'environnement parut se stabiliser. Les couleurs pâlirent un peu, puis tout devint sombre. D'étranges créatures entourèrent le garçon. Il sentit quelque chose s'agripper à lui. Un terrible effroi lui noua les entrailles. Il s'entendit hurler le nom de Pérenne.

Alors, la pièce aux tissus mauves réapparut. Il s'écroula sur le sol, inconscient.

Chapitre 11

Le soir était venu. Plongée dans la pénombre, la chambre de Sven Owen accueillait la respiration haletante du chanteur. Après son évanouissement, il avait été transporté sur son lit et, depuis, n'avait pas ouvert les yeux. Légèrement fiévreux, il dormait d'un sommeil troublé. L'expérience avait été éprouvante. Pérenne lui-même ne savait exactement ce qui s'était passé. La vibration qu'il avait demandée au chanteur était censée lui permettre d'approfondir son chant et d'atteindre un lieu intérieur d'où il était possible de contrôler la matière afin de rendre la voix capable de créer des formes solides, d'engendrer de la lumière, de modifier l'espace environnant.
L'élève aurait dû se poser en cet endroit de lui-même, le découvrir comme on découvre une maison inconnue. Cependant, il ne s'y était pas limité ; il avait curieusement animé ce domaine intérieur.

La porte s'entrouvrit doucement ; Mady Finn et Pérenne entrèrent dans la chambre.
– Il est encore bien jeune, murmura Mady Finn en appliquant un linge mouillé sur le front du chanteur endormi.
Pérenne s'assit dans un fauteuil à côté du lit et hocha la tête.
– La force des chants secrets est sans doute trop intense pour son corps, poursuivit la vieille femme.
– Ce n'est pas tant le corps qui m'inquiète, dit Pérenne, mais la résistance de son esprit… Il va basculer d'un monde dans un autre. S'il parvient à développer son pouvoir, il disposera d'une puissance considérable, une puissance dont moi-même je ne sais pas grand-chose.
– Il manque d'expérience, c'est sûr. La vie dans le Palais des Chants n'aguerrit pas vraiment !
– Oh, je crois malheureusement qu'il va en peu de temps acquérir une grande expérience, déclara Pérenne en songeant à Hélio et aux milices, qui devaient les chercher partout dans Shan-Lu.
– Il sera confronté à deux risques : une mauvaise utilisation de ses pouvoirs et une maîtrise imparfaite.
Pérenne soupira profondément :
– Les êtres humains ne sont que désirs et passion…

Il faut du temps pour atteindre à la raison et comprendre qu'on n'est rien sans les autres. Il est si facile de profiter de son pouvoir ! J'ai fait ce que j'ai pu pour qu'il devienne un être droit ; son avenir en ce domaine ne m'appartient plus. Quant à lui enseigner la maîtrise, le temps m'est compté ; et, de plus, mon ignorance est grande. Déjà, je ne sais pas ce qui s'est passé tout à l'heure. J'ai eu l'impression qu'il était parti dans un autre monde.

– Certains chants parlent du Chantelune comme d'un créateur de mondes, murmura Mady en s'asseyant sur l'accoudoir du fauteuil de Pérenne.

Elle ouvrit la bouche pour ajouter quelque chose, mais choisit de se taire, hésitant à exposer l'idée qui lui avait traversé la tête. Il y avait bien un moyen de gagner du temps et d'offrir au garçon davantage de savoir ; néanmoins, cela pouvait se révéler dangereux pour lui.

– Pérenne, dit-elle au bout d'un long silence, pourquoi ne pas lui apprendre les chants durant son sommeil ?

– Tu veux parler des chants-mémo ?

Mady hocha la tête.

– Non, ils risquent de lui déranger l'esprit, grogna Pérenne.

– Pas s'il est le Chantelune ! répliqua Mady. C'est la seule façon de lui livrer tout ce que nous savons.
Pérenne fronça les sourcils. Il se rappela son enfance et son propre maître, qui lui avait, une nuit, transmis des chants pendant son sommeil. Au réveil, il avait cru que sa tête explosait et, durant des mois, des paroles, des voix, des musiques jaillissaient sans crier gare dans son esprit, lui donnant l'impression d'être fou.
– Nous n'avons pas un seul instant à perdre, mon brave Pérenne ! Que se passerait-il si, pour une raison ou pour une autre, tu étais séparé de lui ?
Pérenne quitta son fauteuil et alla s'asseoir sur le lit, au côté de son jeune élève. Le visage de Sven Owen trahissait les tourments d'un sommeil agité.
– Tu as raison, Mady ! Si je venais à disparaître, qui le guiderait ? Je dois verser mon savoir dans son esprit. Il n'en sera pas conscient immédiatement ; mais, au fil du temps, tout remontera progressivement, assurant un contact entre nous.
– Je t'accompagnerai, si tu veux.
Pérenne accepta, et ils se mirent tout deux à chanter à l'unisson les mélodies qui parlaient du Chantelune et de ses pouvoirs. Il y avait fort longtemps qu'ils n'avaient chanté ensemble. La voix douce de Mady

Finn et le timbre puissant de Pérenne s'insinuaient dans l'esprit du dormeur; l'une ouvrait les portes, l'autre inscrivait le savoir. Et, dans la profondeur du sommeil, dans l'innocente inconscience, Sven Owen s'enrichit de la connaissance de deux vieux sages qui offraient par amour ce qu'ils avaient retenu au cours de leur longue existence.

La nuit s'écoula ainsi. Avant les lueurs du jour, les deux professeurs, épuisés, quittèrent la chambre de Sven Owen, toujours endormi.

Il ouvrit les yeux une heure plus tard. La nuit n'était pas encore achevée. Il ressentit un curieux fourmillement dans sa tête, comme des chuchotis, l'écho de mélodies lointaines. Il ne comprit pas tout de suite ce qu'il faisait dans le noir; puis il se rappela son évanouissement et ce chant curieux qu'il avait produit. Il n'avait pas pu résister à la puissance de sa vibration.

« Je dois devenir plus fort, pensa-t-il. Je dois résister à tout. »

Il se rappela les paysages étonnants où il avait été transporté, puis ce lieu sombre et ces ombres qui l'agrippaient. Il en frissonna encore, puis murmura à voix haute :

– Ma voix possède un étrange pouvoir. Après tout,

Pérenne a peut-être raison. Je suis sans doute un…
Il s'arrêta brusquement. Il avait perçu un étrange petit air. Il se demanda un instant s'il l'entendait dans sa tête ou bien avec ses oreilles, car le chant paraissait à la fois intérieur et extérieur. Finalement, il se leva et ouvrit la porte de la chambre. Il marcha à tâtons dans l'obscurité vers l'endroit d'où provenait la mystérieuse complainte.
Il arriva devant une porte. Il hésita un instant avant de l'ouvrir, puis il entra dans la pièce. Ce qu'il découvrit le stupéfia.
Une jeune fille était assise sur un lit. Une lumière bleue entourait sa tête, éclairant la pièce. Elle regarda Sven Owen avec amitié. Elle lui tendit la main. Il s'approcha et s'installa à côté d'elle. Elle ressemblait au visage peint sur le volporteur d'Aold Finn.
– Je m'appelle BrumeVent, dit-elle. Chante avec moi.
BrumeVent. Ce nom qu'il n'avait jamais entendu lui sembla pourtant familier.
– Avec plaisir, répondit-il.
Ils entamèrent alors une mélodie douce et légère. Leurs voix s'accordaient parfaitement. Le chant qu'ils inventaient ensemble n'avait pas de paroles, mais on y entendait le vent chuchotant dans les arbres, le mur-

mure doux des nuages, l'eau guillerette des rivières et des sons inconnus que n'avaient jamais perçus oreilles humaines.

Les derniers instants de la nuit passèrent comme dans un rêve. Soudain, une main vigoureuse se posa sur le bras de Sven Owen :

– Hé, réveille-toi, mon vieux !

Sven Owen ouvrit les yeux et vit le visage d'Aold Finn.

– Je te signale que tu chantes en dormant, dit le garçon en rigolant. Tu devrais voir un docteur !

Sven Owen se redressa et regarda autour de lui. Il faisait jour. Il était sur son lit, dans sa chambre. BrumeVent n'était pas là.

– Où est la fille ? demanda-t-il.

– Quelle fille ? Il n'y a pas de fille ici, répondit Aold Finn avec un petit sourire.

– Celle que tu as dessinée, insista le chanteur. J'étais avec elle cette nuit.

– C'est une obsession ! pouffa le garçon.

Sven Owen se leva d'un bond et saisit Aold Finn par le bras.

– J'en ai assez que tu me racontes des histoires, cria-t-il. Tu la connais, j'en suis sûr…

Aold Finn le repoussa brutalement :

– Hé, je ne suis pas un menteur moi ! Ce n'est pas ma faute si tu rêves d'une fille qui n'existe pas. Tu cherches la bagarre ? Tu ne me fais pas peur.
– Toi non plus, tu ne me fais pas peur ! gronda Sven Owen en le bousculant.
Les deux garçons, les poings serrés, se regardaient comme deux loups furieux. Ils hésitaient à se battre, mais ni l'un ni l'autre ne voulaient paraître lâche.
Soudain, une terrible explosion ébranla les murs. Ils tombèrent à la renverse.
– Que se passe-t-il ? s'écria Aold Finn, hébété, en se redressant.
Sven Owen se précipita à la fenêtre. Des dizaines de volporteurs encerclaient la maison.
– La milice nous a retrouvés ! s'exclama-t-il. Il faut vite partir d'ici.
– Suis-moi ! dit Aold Finn en s'élançant vers la porte.

Chapitre 12

La maison résonnait déjà de sifflements aigus mêlés à des détonations sourdes, qui signifiaient que les miliciens utilisaient leurs vibrillons dans tous les coins.
Après une course effrénée dans les couloirs, les deux garçons retrouvèrent Mady Finn et Pérenne dans le bureau où se trouvait l'ordinn qui gérait les différents systèmes domotiques de la résidence, de l'éclairage au chauffage en passant par les sanitaires, l'ouverture des volets et portes, etc.
– Ah, Aold ! s'écria d'un ton soulagé la veille femme. Je n'arrive pas à lancer le processus de défense. Les rbots ne se déclenchent pas.
– Je m'en occupe !
Le garçon s'installa devant la console et tapota sur les touches avec une extrême vélocité.
– Les miliciens ont fait exploser le mur de la salle de chant, expliqua-t-il au bout de quelques secondes.

Les circuits sont endommagés, mais je vais dériver le transfert informatique, et nos visiteurs auront une sacrée surprise !
Tandis qu'Aold Finn s'activait devant l'écran, Pérenne s'adressa à Sven Owen :
– Écoute-moi, mon ami ! S'il m'arrivait malheur, tu dois me promettre de chercher à développer ton pouvoir !
– Mais, Pérenne, comment veux-tu que j'y parvienne seul ?
– Le Chantelune n'est pas seul. Il est porté par la mélodie de son être intérieur qui compose pour lui ses partitions. Je fus celui qui l'aidait à déchiffrer ces partitions, mais tu peux en trouver d'autres s'il le faut.
Devant le visage grave et tourmenté de Pérenne, le garçon n'osa pas avouer ce qu'il pensait au fond de lui : qu'il n'était rien qu'un chanteur en fuite sur lequel on projetait des rêves de légende, et sûrement pas un Chantelune !
– Voilà, s'exclama soudain Aold Finn, c'est parti !
Aux détonations des vibrillons de la milice se mêlaient maintenant les chuintements des rbots de défense qui jaillissaient des murs ou du sol, compliquant sérieusement l'intervention des intrus.
Aold Finn suivait l'évolution des combats sur l'écran.

Une curieuse silhouette dans l'une des pièces centrales de la bâtisse attira son attention.
– Quelqu'un a réussi à se faufiler jusqu'ici ! déclara-t-il. Je vais l'arroser d'un peu d'ondes lourdes.
– Attends ! s'écria sa grand-mère. Ce n'est pas un milicien !
– Qui est-ce, alors ? s'étonna le garçon.
– Une amie !
Aold Finn n'eut pas le temps de commenter cette réponse, l'élimination soudaine de la moitié des rbots de défense ayant mobilisé toute son attention.
– Ils ont perturbé le système ! constata-t-il avec amertume et colère. Ils sont trop nombreux et trop bien armés.
– Il faut fuir ! décida Mady, la mine sombre.
– Aold Finn, mon garçon, dit Pérenne, protège Sven Owen. Il ne doit pas tomber entre les mains d'Hélio.
– Je n'ai pas besoin de sa protection ! s'indigna le chanteur. Il n'a qu'un an de plus que moi, et…
Un morceau de mur éclata à côté d'eux laissant apparaître trois miliciens. Un rbot surgit du plafond et projeta un large éclair bleuté, qui les envoya rouler à terre.
– Aold, ordonna Mady, emmène Sven Owen au garage et met en marche ton transporteur. Nous devons aider quelqu'un à se sortir d'ici.

– Et vous-mêmes ? s'inquiéta le garçon.
– Filez ! ordonna Pérenne d'un ton qui excluait toute discussion. On se retrouve là-bas !
Les garçons obéirent dans la seconde. Ils s'élancèrent comme des fous dans les coursives, s'attendant à se faire attaquer à chaque instant par des miliciens ; mais les rbots de défense avaient rempli leur mission et, dans cette partie-là de la maison, pas un ennemi n'était resté debout.
Ils atteignirent rapidement le volporteur peinturluré.
– Saute dedans, moi, j'ai des trucs à prendre, enjoignit au chanteur l'intrépide garçon.
Sven Owen s'installa dans le véhicule. Brusquement, deux silhouettes malveillantes jaillirent dans le garage, à cinq mètres d'Aold Finn, qui farfouillait dans ses affaires.
– Attention ! le prévint Sven Owen.
Aold se retourna d'un bloc. Il avait déjà empoigné son boom et, d'un geste vif, il le lança vers les assaillants. Les miliciens furent assommés avant d'avoir pu utiliser leurs vibrillons.
– Ouais ! s'écria-t-il, fier d'avoir été le plus rapide.
– Arrête de fanfaronner, le rabroua Sven Owen, et dépêche-toi de mettre en marche ton engin.
Aold Finn bondit à son tour dans le volporteur

décapotable. Il enfonça le bouton du démarreur. Le moteur gronda légèrement. Le véhicule décolla du sol en tanguant un peu.

– Il n'a pas l'air très stable, s'inquiéta Sven Owen.

– Ça ira. Pour qu'il soit plus rapide, j'ai modifié quelques bidules, cela perturbe son assiette en vol, mais c'est facile à compenser.

Le volporteur glissa vers la porte. Le pilote télécommanda l'ouverture.

– Tu ne crois pas qu'il serait plus prudent de refermer le toit ? suggéra Sven Owen. Je n'ai pas envie de recevoir un rayon de vibrillon en sortant.

– Tu as raison !

Au moment où Aold Finn déclenchait le système de fermeture du toit, quelqu'un sauta derrière eux dans le volporteur. Aold Finn leva son boom, prêt à se défendre.

– Du calme ! dit une voix légère.

Une fille venait de s'installer sur le siège arrière. Sven Owen la reconnut aussitôt : l'apparition de la nuit !

– Tu vois bien qu'il y avait une fille dans ta maison ! s'exclama Sven Owen en donnant une bourrade à Aold Finn.

– Aïe ! Mais je n'en savais rien, moi ! protesta le garçon. Je ne l'ai jamais aperçue !

– Je m'appelle Ame Witty, déclara la fille. Mady m'a hébergée pour la nuit. Nous devrions penser à fuir d'ici plutôt que de déblatérer comme des babouinx à cul rouge !
Les deux garçons grimacèrent. Pas question de se laisser traiter de babouins à cul rouge sans réagir !
– Nous attendons Mady et un ami ! glapit Aold Finn, hors de lui. Ils étaient partis à ta recherche !
– Oh ! gémit la jeune fille. Le couloir s'est écroulé juste après mon passage.
– Quoi ? souffla Aold Finn, la voix brisée par l'inquiétude. Comment pourront-il arriver jusqu'ici ?
Ses derniers mots furent couverts par le fracas du mur gauche du garage qui s'effondrait en partie. Des miliciens s'engouffraient déjà dans la brèche.
– Accélère, nom d'un chihuahuax ! cria la jeune fille, ou nous allons nous faire griller par un vibrillon mal réglé !
Sans plus s'opposer, Aold Finn écrasa l'accélérateur. Le volporteur quitta le garage telle une flèche.
Ils passèrent sous le nez des cinq véhicules de la milice qui stationnaient devant la maison. À bord de l'un deux se trouvait Hélio. Il poussa un hurlement de rage en comprenant que l'élève de Pérenne lui échappait une nouvelle fois.

La cicatrice autour de ses yeux vira au violet sombre sous l'effet de la colère. Il aboya ses ordres dans son microbracelet. Aussitôt, les miliciens se lancèrent à la poursuite des fuyards.
Dans les rues de Shan-Lu, une course folle s'engagea alors. Aold Finn doublait à toute vitesse les rares véhicules qui y circulaient.
– Heureusement, il n'y a presque personne ce matin.
– Moi, je trouve qu'il y a suffisamment de trafic pour qu'on ait un accident, répliqua Sven Owen, qui appuyait en continu sur le klaxon.
Devant eux, on s'écartait sans hésiter. La banlieue de Shan-Lu était d'ordinaire bien calme, et tout ce raffut attirait les curieux qui se précipitaient aux fenêtres. Les gens avaient à peine le temps de voir passer comme un éclair un volporteur multicolore, talonné par les engins noirs de la milice.
– Si nous restons dans la capitale, nous finirons par tomber sur un barrage, déclara soudain la jeune fille.
Les deux garçons sursautèrent. Dans le feu de l'action, ils avaient oublié leur passagère !
– Et où veux-tu que nous allions ? demanda Sven Owen, qui n'avait jamais quitté la ville.
– Je n'en sais rien ! Loin d'ici, en tout cas !
– Mais on ne peut pas abandonner Mady ! protesta

Aold Finn en essayant de retenir ses larmes.
– J'ai bien peur qu'on ne puisse plus rien pour elle ni pour Pérenne !
Sven Owen avait prononcé ces paroles le cœur serré par l'angoisse. Il ne savait pourquoi, mais il avait la certitude qu'il ne reverrait pas son professeur vivant.
Aold Finn lui jeta un regard rapide, et dans l'intensité de ce regard il y avait un mélange de rage et de rancœur, mais aussi la même conviction à propos de Mady : sa grand-mère ne le serrerait plus jamais dans ses bras !
Un taxiporteur leur coupa la route. Aold Finn l'évita de justesse.
– Attention ! hurla Ame Witty. Le rbot !
Le garçon fit une nouvelle embardée, mais envoya en l'air un rbot androïde qui réglait la circulation.
– Je n'arriverai jamais à semer la milice dans ces rues ! s'exclama le jeune pilote. Tu as raison, il faut quitter la ville !
Après plusieurs détours, les fuyards sortirent enfin de la ville. Le hasard les avait conduits sur la grande route qui filait vers le désert. Une ligne droite de plusieurs centaines de kilomètres.
Derrière eux, la milice commençait à se rapprocher dangereusement.
Aold Finn poussa le moteur de son engin à fond.

– Hé ! Tu vas nous tuer ! s'écria Sven Owen.
Le véhicule tanguait de façon impressionnante. Malgré tout leur courage, les trois passagers étaient pâles comme les krenouilles blanches d'une des lunes d'Ithos.
– Tu as dû enlever trop de bidules, comme tu dis ! déclara Sven Owen. On ne tiendra pas la distance !
– Fais-moi confiance, je suis le meilleur des pilotes de mon âge ! lança Aold Finn.
– Et tu en connais d'autres, des pilotes de ton âge ? demanda Ame Witty.
– Non, je suis le seul !
– Rassurant !
L'habileté d'Aold Finn n'empêchait pas l'engin de balancer. Quand il frôlait le bord de la route, l'effet Mag-T diminuait, et le bolide perdait de la vitesse. Profitant de ces ralentissements, la milice gagnait du terrain.
– Ils ne nous tirent pas dessus, remarqua Sven Owen.
– Ils veulent sans doute nous prendre vivants, expliqua Ame Witty. S'ils nous paralysaient, nous pourrions avoir un accident.
La jeune fille avait à peine achevé ses paroles qu'un grappin magnétique vint se coller à l'arrière de l'engin.
– Ils nous ont harponnés ! Nous sommes fichus ! s'écria Aold Finn.

Chapitre 13

Le volporteur ralentissait. Le grappin magnétique avait une double action : il tirait en arrière et absorbait l'énergie du moteur d'Aold Finn.

Le jeune pilote s'entêtait à accélérer. Une odeur de brûlé monta du capot. Ame Witty et Sven Owen s'acharnaient sur le grappin pour le décrocher.

– Inutile, l'aimantation magnétique est trop puissante, lança Aold Finn. Nous n'y arriverons pas. Il faudrait annuler l'effet Mag-T du volporteur de la milice pour que le harpon se décroche.

– Tu as ce qu'il faut pour ça ? demanda Sven Owen.

Aold Finn montra son sac du doigt :

– Là-dedans. Un petit appareil tout plat...

Sven Owen fouilla dans le sac et en retira une boîte noire couverte de minuscules fils dorés.

– Ça ?

– Oui. Posé sur la carrosserie d'un véhicule, cela

inverse l'effet Mag-T. Mais si on s'arrête pour le faire, ils vont nous viser avec les vibrillons, et bonjour le dodo forcé !

Sven Owen réfléchit un instant en regardant autour de lui. Son visage s'éclaira. Il enleva ses chaussures.

– Ce n'est pas le moment de te laver les pieds ! s'écria Aold Finn.

Mais Sven Owen ne perdit pas de temps à lui expliquer son plan. Déjà, il s'équipait des chaussures et des bracelets à effet Mag-T inventés par son ami. Puis il enroula une corde autour de son ventre et en tendit l'autre extrémité à Ame Witty.

– Attache ça solidement. Et toi, le pilote, poursuis ta route. J'espère que tes inventions marchent bien.

– Mais qu'est-ce que tu vas faire ? s'inquiéta Aold Finn. Tu ne vas tout de même pas…

Sven Owen n'entendit pas la fin de la phrase. Il avait sauté du véhicule. Il crut un instant qu'il allait s'écraser, mais les chaussures et les bracelets à effet Mag-T fonctionnaient à la perfection : il flottait !

Ensuite, tout alla très vite. La corde dans sa main gauche filait, et le volporteur de la milice fonçait sur lui. Quand le véhicule arriva à cinq mètres de lui, Sven Owen lança la boîte. Elle se fixa à la carrosserie comme un coquillage à un rocher.

Sven Owen bloqua brusquement la corde et partit en l'air tel un parachute tiré par un bateau hors-bord. S'il avait réagi une seconde plus tard, il aurait été écrasé. Dans un premier temps, il monta très haut, puis il redescendit et flotta à cinquante centimètres du sol, derrière le volporteur de son ami. Il tira sur la corde pour revenir dans le véhicule.

Entre-temps, la petite boîte d'Aold Finn avait fait son travail.

À peine posée sur la carrosserie, elle avait annulé l'effet Mag-T du volporteur de la milice. L'engin, subitement très lourd, s'était écrasé au sol et, emporté par sa vitesse, avait raclé la route. Le grappin s'était décroché, libérant le volporteur d'Aold Finn.

Pour éviter de rentrer dans leurs compagnons, les autres véhicules de la milice avaient dû quitter la route et ils atterrirent brutalement sur le sol caillouteux du désert.

Aold Finn ralentit pour permettre à Sven Owen de remonter à bord.

– Tu es un as ! Vraiment ! s'écria le jeune pilote en accueillant le garçon. Jamais je n'ai rencontré quelqu'un d'aussi courageux. Tu es, tu es…

– Un Chantelune ! conclut Ame Witty, les yeux pleins d'admiration.

Sven Owen la considéra avec étonnement. Comment pouvait-elle savoir qui il était ? Pérenne lui avait-il parlé ? S'agissait-il bien de la jeune fille avec qui il avait chanté, ou d'une autre, qui lui ressemblait ? Celle de la nuit avait dit s'appeler BrumeVent, et celle-ci se nommait Ame Witty.
– Un Chantelune ! explosa de rire Aold Finn. Pourquoi pas le Frère Joël avec ses cadeaux, tant que tu y es ! Au lieu de raconter des bêtises, dis-moi pourquoi je ne t'ai jamais vue chez ma grand-mère.
– J'ai commencé mes cours hier. À moins que je sois la fille invisible ! répondit-elle en lui décochant un sourire-grimace.
Une heure plus tard, le volporteur multicolore filait toujours vers l'ouest. Sur la gauche, le désert s'étendait jusqu'à l'horizon ; sur la droite, la route côtoyait un gouffre immense qui plongeait sur la forêt interdite, la forêt d'Ernoa.
– C'est impressionnant, commenta Sven Owen.
– Personne n'habite dans cette forêt, sauf les bêtes sauvages, dit Aold Finn.
– Et les monstres inconnus, ajouta Ame Witty.
Un frisson parcourut le dos des trois fuyards. On racontait de terribles histoires sur la forêt d'Ernoa. Elle avait toujours effrayé les habitants d'Ithos,

et depuis longtemps le gouvernement l'avait déclarée zone interdite.

– J'ai faim, déclara soudain Aold Finn. Pas vous ?

– Je veux bien manger, mais, à part les cailloux du désert, je ne vois pas ce que l'on pourrait trouver dans les environs, répondit Ame Witty.

Sans s'arrêter, Aold Finn appuya sur un petit bouton bleu. Un distributeur de nourriture, un micronde, sortit derrière le siège d'Ame Witty.

– J'attends les commandes, dit la jeune fille en regardant le clavier du micronde.

– Moi, je veux un dwich au jbon avec de la poudre de ouacola salée, dit d'un trait Aold Finn, qui avait des idées très précises sur ce qu'il souhaitait manger.

Ame Witty tapa la commande. Le micronde mit seulement quelques secondes à reconstituer les atomes, les cellules et la forme du dwich. Sven Owen, quant à lui, préféra une tourte à l'of et au ptiron, comme Ame Witty.

– Franchement, je ne vous comprends pas ! dit Aold Finn. Vous pouvez choisir tous les dwichs imaginables, et vous préférez des tourtes.

– Mange n'importe quoi si tu veux, répliqua Sven Owen, mais ne t'étonne pas de te retrouver avec des ploums sur le nez, et…

Ame Witty pointa son doigt derrière eux, sur la route :
– Regardez !
– La milice ! s'écria Sven Owen.
Des volporteurs arrivaient vers eux.
Aold Finn lança son dwich par-dessus bord et accéléra. Le véhicule reprit son inconfortable mouvement de balancier.
– Ils n'abandonneront jamais ! Ils me veulent, murmura Sven Owen.
– Eh oh, qui te dit que ce n'est pas ma petite pomme qu'ils recherchent ? lança Aold Finn.
– Tu rêves ! intervint Ame Witty. C'est la milice, pas des gardiens de zoo !
– Très drôle !
Une dizaine de minutes plus tard, la situation était claire : la milice gagnait du terrain.
Aold Finn tapota sur le clavier de l'ordinn. Sur l'écran du tableau de bord, la carte indiqua que la ville la plus proche était à deux heures, et la prochaine bifurcation à une heure et demie.
Une longue distance les séparait encore de la milice, mais, d'après les calculs de l'ordinn, les hommes d'Hélio les atteindraient en moins d'une heure.
– Aïe ! les choses se compliquent, déclara Aold Finn.
Au loin, la route était barrée par d'autres volporteurs.

– Nous sommes coincés. Si je m'arrête, ils nous rattrapent, si je continue, on tombe sur leurs copains.
– On s'enfuit à pied dans le désert, suggéra Ame Witty.
Aold Finn secoua la tête :
– Bon, il n'y a pas trente six solutions : on se rend ou…
– Ou quoi ? demanda Sven Owen en remarquant le petit sourire malicieux du jeune pilote.
– Ou vous vous accrochez ! répondit-il en accélérant violemment.
Il tourna brusquement le volant vers la droite et quitta la route. Le volporteur partit dans le vide et plongea vers la forêt d'Ernoa.

Chapitre 14

– Il est fou ! hurla Ame Witty, qui se cramponnait à son fauteuil.

Le volporteur tombait dans le précipice. Les cimes des arbres se rapprochaient de plus en plus vite. Le choc allait être terrible !

La chute était effrayante, mais Aold Finn semblait confiant. Soudain, quelque chose se produisit, et l'engin ralentit d'un coup sans cesser de tomber.

Sven Owen se pencha et vit que des ailerons venaient de sortir de la carrosserie.

– Yaouh ! lança Aold Finn. Depuis le temps que je voulais tester mes petits bricolages !

– Tu aurais pu faire ça sans nous ! protesta Ame Witty, toute tremblante.

– On plane ! Je contrôle la situation. Je suis génial !

Le volporteur tombait maintenant très doucement, comme s'il glissait sur une route invisible qui le menait vers le centre de la forêt.

– Le meilleur pilote de mon âge, je vous l'avais dit ! exultait le garçon.
À peine avait-il prononcé ces mots que l'ordinn lança un message d'alerte : pression trop forte !
– Je me demande si tu es si génial que ça, dit Sven Owen. Les ailerons se déchirent.
Aold Finn jeta un coup d'œil sur le cockpit :
– Mais… ce n'est pas possible, j'avais tout calculé !
– Eh bien, retourne à l'école pour apprendre à compter ! répliqua Ame Witty en se cramponnant de nouveau à son siège.
À cet instant, les ailerons se détachèrent, et l'engin reprit sa course folle vers le sol.
Aold Finn ne riait plus. De grosses gouttes de sueur perlaient sur son front.
Sven Owen ne savait pas quoi faire. Il se disait qu'un vrai Chantelune aurait su trouver une solution, lui. Il aurait chanté, et le volporteur aurait volé de façon magique. Mais était-il vraiment un Chantelune ? Tous le croyaient. Ils devaient se tromper ! Il n'était qu'un garçon qui tombait vers la mort. Il ferma les yeux.
Aold Finn tournait le volant de tous les côtés comme si ses gestes désespérés pouvaient changer le cours des choses.

À une dizaine de mètres à peine au-dessus de la cime des plus hauts arbres, le volporteur fut curieusement freiné. Il s'arrêta presque, glissa jusqu'aux arbres, passa entre les troncs, puis reprit de la vitesse et tomba sur un immense séquoia.

Ame Witty hurla de terreur. Le système de protection des passagers se déclencha : en un éclair, une mousse magnétique jaillit des parois et se répandit dans l'engin en se solidifiant. Ils furent tous les trois maintenus par une espèce de gelée rose.

Le volporteur cogna contre toutes les branches avant de s'immobiliser sur le sol.

Quelques secondes après le choc, la gelée devint liquide et coula hors du véhicule.

– Berk ! J'en ai plein la bouche ! pesta Aold Finn.

– Tu n'aimes pas la confiture ? demanda Ame Witty en se relevant.

– Pas quand elle a le goût de moomrat moisi ! Enfin, elle nous a sauvé la vie !

– Ce n'est pas la gelée qui nous a sauvés ! C'est Sven Owen, le Chantelune, affirma la jeune fille.

Le chanteur la regarda, étonné. Il n'avait rien fait !

– Ce n'est pas moi, je t'assure !

– Tu as utilisé tes pouvoirs de Chantelune sans t'en rendre compte. J'en suis sûre, insista la jeune fille.

– Qui t'a parlé de ça ? C'est Pérenne qui t'a dit que j'étais un Chantelune, ou c'est Mady Finn ?
– Ho, vous deux ! ronchonna Aold Finn. Ça ne vous dérangerait pas de finir votre conversation dehors ? On a la tête à l'envers, et j'ai envie de prendre l'air !
Les trois fugitifs s'extirpèrent du volporteur. L'engin était très abîmé : l'avant enfoncé, le toit écrasé, et les belles peintures toutes rayées.
– Bah, je m'en reconstruirai un autre, fanfaronna Aold Finn, qui cherchait à dissimuler sa tristesse.
– Si on s'en sort vivants ! dit Ame Witty, en colère. Je te signale que, à cause de toi, nous sommes perdus ici !
– Et alors ? Mieux vaut ça que la milice, non ?
– Ouvre les yeux, babouinx ! Nous sommes dans la forêt d'Ernoa, la forêt interdite ! Tu comprends ?
Aold Finn regarda autour de lui. Les arbres étaient tellement hauts que la lumière du soleil filtrait à peine jusqu'au sol, où il faisait presque sombre. Des fougères bleu gris et des buissons épineux les entouraient de toutes parts.
L'endroit était plutôt étouffant. Un frisson parcourut le dos du jeune pilote, mais il se tourna fièrement vers la jeune fille :
– Moi, je n'ai peur de rien ! Et je me vois très bien

passer ici toute ma vie ! Même cassé, mon volpote peut nous abriter et nous donner à manger.

– Tu te trompes ! lui apprit Sven Owen. Le micronde a été écrasé dans la chute.

Aold Finn s'empressa d'aller vérifier. La chose se révéla exacte : le micronde n'était plus qu'une crêpe de métal.

Ils se trouvaient dans une situation terrible, seuls dans un monde inconnu où leurs chances de survie étaient très minces.

– Pas de panique ! lança Aold Finn. Il y a sûrement des fruits dans cette forêt ! Et des racines, et du gibier.

Ame Witty éclata de rire.

– Et comment tu sauras si ces fruits ne sont pas du poison ? demanda-t-elle en le foudroyant du regard.

– Je te les ferai manger en premier ! répliqua l'autre.

Ame Witty lui donna une gifle. Le garçon riposta aussitôt en la bousculant brutalement.

– C'est à cause de toi que Mady n'est pas avec moi ! s'emporta Aold Finn. Alors tu ne me touches pas, compris ? J'aurais dû te laisser là-bas !

Sven Owen s'interposa :

– Eh ! Doucement, vous deux ! Vous disputer n'arrange rien ! Nous avons des choses plus importantes à faire !

– Toi, ne te mêle pas de ça ! gronda Aold en serrant les poings. Espèce de Chantelune à la noix ! Si tu n'étais pas venu chez nous, rien de tout ça ne serait arrivé !

Un éclat de fureur embrasa le regard de Sven Owen :

– Je n'ai rien demandé à personne, moi ! Et si tu crois que tu es le seul à être triste, tu te trompes lourdement ! Moi aussi, j'ai perdu quelqu'un qui m'était très cher ! L'unique personne qui s'était occupée de moi depuis que je suis né ! Alors tu arrêtes de jouer les victimes, et tu la fermes !

Les deux garçons se toisèrent un long moment, sans plus rien dire. On aurait dit qu'une haine terrible empoignait leurs cœurs, comme s'ils étaient devenus soudain des ennemis impitoyables. En fait, leur emportement résultait de la peine immense et de l'insupportable solitude dans laquelle la perte de Mady et de Pérenne les avait plongés. Cette haine n'était que l'expression de la souffrance intolérable qu'ils ressentaient tous les deux.

– Nous sommes ridicules ! souffla enfin Sven Owen. Mady et Pérenne ne seraient pas très fiers de nous. Qu'en penses-tu ?

– C'est sûr, confirma Aold Finn, l'air piteux.

– Bon, occupons-nous du présent, suggéra Sven

Owen. Nous devons prendre tout ce qui peut nous être utile et nous éloigner d'ici.
– Et où veux-tu aller ? s'enquit Aold Finn.
– Je ne sais pas. Mais Hélio tient à nous retrouver, et rester à cet endroit n'est pas très intelligent. La milice a dû repérer le lieu où nous nous sommes écrasés.
Ils récupérèrent peu de choses : un drap thermique, un trancheur à onde, un miniordi et un bidon concentrateur d'eau.
– C'est pas si mal, commenta Sven Owen. Pourquoi avais-tu tout ça à bord ?
– J'avais l'intention d'aller faire une rando dans les montagnes la semaine prochaine, expliqua Aold Finn en glissant une petite boîte dans sa poche.
– Eh bien, ce sera la forêt ! intervint Ame Witty. Qu'est-ce qu'il y a dans ta boîte ? Tes dents de lait ?
– Une pâte de mon invention, du plosif. Cela peut toujours être utile…
– Tu veux faire sauter les arbres pour nous ouvrir un passage ?
Le garçon haussa les épaules sans répondre en examinant encore son volporteur. Il songea avec amertume aux centaines d'heures de travail passées à le construire. Tant d'effort pour le voir finir ainsi !

Sven Owen alluma le miniordi. L'objet, gros comme un carnet, était moins puissant qu'un ordinn normal, mais il possédait une importante mémoire et contenait plus de cent logiciels.
Une carte apparut sur l'écran, où un point lumineux indiquait leur position. Le miniordi ne donnait aucune information sur ce qui les entourait.
– En route vers l'inconnu ! lança Aold Finn en prenant une pose de conquérant.
Et ils se mirent en marche.

Chapitre 15

D'un geste précis, Aold Finn coupait les hautes fougères avec le trancheur à ondes. L'objet avait remplacé depuis fort longtemps tous les couteaux, toutes les épées et les haches. Une onde plus ou moins longue jaillissait d'un petit manche. Il fallait faire très attention, car elle était presque invisible. On la remarquait seulement au léger tremblement de l'air.

– Cela fait deux heures que nous marchons, gémit Ame Witty. Je n'en peux plus !

Sven Owen lui tapota amicalement le dos :

– Courage ! Bois un peu d'eau.

Il activa le concentrateur d'eau. Un léger bourdonnement se fit entendre. L'humidité ambiante était absorbée par le système installé dans le bidon argenté. En une trentaine de secondes, il fut rempli d'une eau fraîche et pure.

La jeune fille but un demi-litre d'eau sans s'arrêter ;

puis les deux garçons se désaltérèrent à leur tour.
Après avoir repris des forces, ils se remirent en route.
Ils cueillaient sur leur chemin des fruits étranges et les déposaient dans un sac à dos qu'Aold Finn portait bravement.
La forêt était assez silencieuse. De temps en temps, des chants d'oiseau retentissaient sans que les trois adolescents aperçoivent une seule plume. Ces chants n'étaient pas joyeux ; on aurait dit plutôt des plaintes, comme si rien de gai ne pouvait exister parmi ce feuillage plein d'ombres et de bruissements.
Entre deux sifflements, le silence reprenait ses droits, de plus en plus menaçant. Seuls de petits craquements se faisaient entendre.
À un moment, un cri mystérieux résonna au loin. Ils s'arrêtèrent un instant et écoutèrent avec une grande attention. Mais plus rien ne vint troubler le chuintement du vent dans les feuilles et le frottement des pattes des milliers de bestioles.
Ils ne se parlaient pas. Sven Owen se demandait quelle serait sa vie à présent. Devrait-il fuir à tout jamais ? Reverrait-il Shan-Lu et le Palais des Chants ? Et Pérenne, son maître ? Se pourrait-il qu'il eût malgré tout échappé à Hélio et ses sbires ? Oh, comme il le souhaitait ! Cependant, il avait la terrible certitude

que Pérenne n'était plus de ce monde. Il avait honte de ne pas ressentir le moindre espoir quant à la survie du vieil homme.

Ah, s'il avait été plus attentif, s'il avait dominé son chant plutôt que de chercher à paraître le meilleur ! Rien de tout cela ne serait arrivé.

À cause de lui, ses deux compagnons qui marchaient à ses côtés au cœur de cette angoissante forêt risquaient leur vie. Aold Finn avait eu raison : il était bien responsable de leurs ennuis.

La rude journée touchait à sa fin. L'obscurité envahissait le sous-bois.

– Nous allons dormir là, proposa Aold Finn.

L'endroit choisi était une clairière couverte de mousse, idéale pour un campement. Sven Owen et Ame Witty coupèrent des fougères, qu'ils entassèrent pour en faire un matelas.

Pendant ce temps, Aold Finn analysait les fruits à l'aide du miniordi. La moitié de ce qu'ils avaient récolté fut déclarée bonne à manger. Le reste fut rejeté en tant que poison par le logiciel d'alimentation.

– Eh bien, ce ne sera pas le festin, mais on ne mourra pas de faim ce soir, dit-il à ses amis en découpant les fruits en morceaux avec le trancheur à ondes.

Ils s'assirent en tailleur sur le lit de fougères et com-

mencèrent leur premier repas forestier.
Autour d'eux, la nuit enveloppait les arbres d'un voile de plus en plus sombre. La température, jusque-là assez douce, se rafraîchissait.
La forêt devenait plus menaçante. Ils pensèrent aux animaux sauvages inconnus qui vivaient sans doute ici ; mais aucun d'eux n'avoua son inquiétude.
Après avoir dégusté les fruits juteux, ils s'allongèrent sur les fougères et se recouvrirent du drap thermique après avoir programmé la température : plus il ferait froid, plus le drap chaufferait.
Cinq minutes plus tard, Aold Finn dormait déjà. Sven Owen se tourna vers Ame Witty.
– Tu dors ? demanda-t-il doucement.
– Oui ! répondit-elle d'une voix amusée.
– Dis-moi, c'est toi que j'ai vue la nuit dernière et avec qui j'ai chanté ?
La jeune fille, surprise, resta bouche bée un instant. Puis un petit sourire glissa sur ses lèvres.
– Peut-être…, minauda-t-elle en regardant les étoiles.
– Non, réponds-moi, je t'en prie, insista le garçon.
Elle se mit sur le flanc. Un reflet de lune éclaira leurs yeux.
– Je vais te dire. J'ai été très émue par le chant de la chorale lors du dernier concert. C'était vraiment très

bouleversant. Mady m'a appris que c'était toi qui avais engendré ce mouvement du cœur. Et cette nuit, encore sous l'emprise de l'émotion, j'ai fait un drôle de rêve, un rêve éveillé où je chantais avec un garçon qui te ressemblait. Pourtant, je ne t'avais jamais vu ! Mais le plus curieux, c'est que notre chant parlait du Chantelune et de BrumeVent… Et, pour la première fois, j'ai pensé que l'histoire du Chantelune n'était pas une légende. C'est fou, non ?

– Ah, tu as pensé ça… Et qui est BrumeVent ?

– Je n'en sais rien. Dans la complainte de cette nuit, elle était la compagne du Chantelune. Et le Chantelune, je pense que c'est…

Sven Owen posa son doigt sur les lèvres de sa voisine :

– Chut, ne parlons pas de ça maintenant !

Du bout des lèvres, Ame Witty lui embrassa le doigt, qu'il retira, un peu gêné.

– Si tu veux, souffla la jeune fille. Dormons, alors.

Ils cessèrent tous deux de parler. Cependant, chacun repensait à la nuit précédente et à l'instant magique qu'ils avaient vécu dans l'union d'un chant. S'étaient-ils rencontrés uniquement en rêve ? Cela n'avait pas grande importance. L'essentiel était d'avoir partagé ce temps merveilleux.

Épuisés, ils s'endormirent d'un coup quelques minutes plus tard, sans se douter qu'aux premières heures du jour ils seraient confrontés à un terrible danger.

Chapitre 16

Une lueur orangée dorait la cime des arbres de la forêt d'Ernoa. Le jour se levait. La nuit avait été paisible. Le miniordi, programmé pour surveiller les environs, devait réagir à l'approche du danger. Le logiciel Surveillor possédait dans sa mémoire plusieurs milliards de dangers répertoriés. Ses scanners d'écoute avaient identifié les moindres mouvements, les plus petites bestioles qui étaient passées à proximité. Tout avait été tranquille.

Soudain, le miniordi émit le signal d'alerte. Sven Owen se réveilla en sursaut. Il secoua Ame Witty et donna un coup de coude à Aold Finn, qui grogna comme un ours.

– Quelque chose se rapproche !

Ils interrogèrent le miniordi. Des présences menaçantes les entouraient. Ils ne voyaient rien, mais Surveillor était formel : ils étaient encerclés !

– Saleté d'ordinn, il aurait pu réagir plus tôt ! pesta

Aold Finn en s'emparant de son boom d'attaque.
– Mais quel est ce danger ? demanda Ame Witty, apeurée.
Aold Finn tapota sur une touche. Un mot apparut : Mankaïs !
– Des Mankaïs ?
Ils échangèrent des regards surpris et inquiets.
– Ton miniordi est complètement détraqué ! dit Sven Owen. Il n'y a jamais eu de Mankaïs sur Ithos !
Ame Witty saisit le trancheur à ondes et régla la vibration au maximum.
– En tout cas, dit-elle, on sera fixés dans peu de temps !
Sven Owen interrogea de nouveau le miniordi, qui confirma et afficha une photo d'un Mankaï.
Grand de deux mètres cinquante, bras et jambes sans poils, le torse recouvert d'une épaisse fourrure, le Mankaï avait une allure grotesque. Mais son crâne chauve, tout rouge, ses yeux verts fendus et ses dents pointues rappelaient que la créature était d'une grande férocité.
Un petit texte précisait qu'ils avaient la force de trois hommes dans un seul de leurs bras.
Soudain, une trentaine de Mankaïs surgirent dans la clairière. Ils étaient armés de machettes et de gour-

dins. Cette apparition cauchemardesque glaça les sangs des trois fugitifs.
– Ils sont encore plus effrayants que sur la photo ! commenta Aold Finn, la gorge serrée.
– Si ce que j'ai vu dans les holofilms est vrai, nous ne sommes pour eux qu'une ration de viande ! murmura Sven Owen en s'armant d'un bâton.
– Tu...Tu veux dire que..., bégaya la jeune fille.
– Nous sommes au menu !
Le système solaire dans lequel se situait Ithos était composé d'un soleil et de trois planètes : Ithos, Déserte et Mankaïa. Une centaine d'années après l'installation des colons venus de Terre, les habitants d'Ithos avaient exploré leur univers d'adoption. Déserte fut ainsi nommée, car elle était vide de toute flore et faune, bien que l'air y fût parfait ; Mankaïa était la planète jumelle d'Ithos, partageant avec elle deux lunes, qui tournaient en huit autour d'elles. Mankaïa, inhospitalière pour des humains à cause de son rude climat, convenait parfaitement à la race autochtone qui y vivait, les Mankaïs.
Ces créatures peu intelligentes étaient très douées pour la chasse. La façon dont elles avaient encerclé Sven Owen et ses compagnons le démontrait fort bien. Lors de l'exploration de leur planète, un grand

nombre d'Ithosiens avait péri dans de terribles affrontements avec ces combattants redoutables.
– Comment sont-ils arrivés ici ? s'interrogea Aold Finn. Ils n'ont aucun vaisseau spatial, ils n'ont pas de technologie ni…
– Ce n'est pas le moment de se poser ce genre de question ! le coupa Ame Witty. La seule question valable est : comment on va s'en sortir ?
– La réponse est évidente : on ne va pas s'en sortir ! Mais on résistera aussi longtemps qu'on pourra pour leur faire payer chèrement nos peaux humaines.
Les doigts du jeune pilote tapotèrent sur les touches numériques de son boomerang. Il programma son attaque et attendit le mouvement des créatures.
– Au premier de ces messieurs ! dit-il en tâchant de donner à sa voix de l'assurance.
Trois Mankaïs s'élancèrent vers lui. D'un geste vif, Aold Finn lança son arme. En quelques secondes, les Mankaïs se retrouvèrent à terre, assommés.
– Bonne nuit, les Trolls ! Alors, qui en veut ? lâcha le garçon, qui, pourtant, n'en menait pas large.
Les géants reculèrent de quelques pas. Ils se regardèrent, surpris, en grognant des phrases incompréhensibles. Ils se mirent ensuite à tourner autour de leurs proies en poussant des cris assourdissants. Tout

à coup, ils attaquèrent tous ensemble avec un hurlement terrifiant.
Aold Finn en assomma cinq avec son boomerang. Ame Witty parvint à repousser ses assaillants à l'aide du trancheur, mais Sven Owen fut empoigné par deux Mankaïs. Il sentit leurs griffes s'enfoncer dans ses bras. Il hurla de douleur, et quelque chose d'étrange se produisit : les créatures le lâchèrent et reculèrent, effrayées, en se bouchant les oreilles.
Sven Owen mit un moment à comprendre ce qui les avait fait reculer : c'était son cri ! Ou, plus exactement, la vibration de sa voix.
Il repensa au son qu'il avait produit avec Pérenne dans la maison flottante de Mady Finn, un mélange de graves et d'aigus. Sa voix avait peut-être, après tout, un certain pouvoir.
– À l'aide ! cria Aold Finn, qui venait d'être capturé.
Sven Owen se tourna vers lui. Il émit le même son, et le résultat fut identique. Ses assaillants libérèrent le garçon en se couvrant les oreilles.
Sven Owen testa cette faculté étonnante de sa voix sur d'autres créatures. Chaque fois, les Mankaïs s'enfuyaient.
– Ton pouvoir de Chantelune ! s'écria Ame Witty, ravie.

– Allez, chanteur, dégomme-moi ces faces de cauchemar ! l'encourageait Aold Finn.
Sven Owen continuait à repousser les attaquants, qui revenaient par vagues.
Pendant ce temps, Aold Finn ne cessait de programmer et de lancer son boomerang.
– On forme une équipe du tonnerre ! jubilait-il. Toi, tu les repousses, moi, je les estourbis !
Mais les Mankaïs commençaient à s'organiser. Ils foncèrent sur celui qui leur torturait les oreilles et ils le renversèrent. L'un d'eux posa sa grosse main sur la bouche de Sven Owen.
– Non ! hurla Ame Witty en sautant sur le dos du Mankaï.
D'un geste brusque, il envoya la jeune fille rouler à plusieurs mètres. Aold Finn tenta lui aussi d'aider son ami, mais un coup de machette le blessa au bras. Il se retint de crier quand une vive douleur lui incendia tout le corps. La blessure n'était pas profonde, mais un flot de sang jaillit de la plaie.
Ils étaient perdus ! Les Mankaïs étaient bien trop puissants pour des jeunes humains. Leur fuite s'arrêtait donc là, au fond de la forêt d'Ernoa ! Ils n'avaient échappé à Hélio et à ses hommes que pour servir de repas à des créatures d'un autre monde !

Constatant leur victoire, les êtres hideux de la planète Mankaïa poussèrent des hurlements sauvages en tapant sur leurs cuisses et en sautant sur place.
À cet instant, une rafale de vent traversa la clairière, et dix Mankaïs partirent à la renverse. Ils ne se relevèrent pas : ils avaient perdu connaissance !
Les autres grognèrent. Que se passait-il ?
Un bruissement dans les fourrés attira leur attention. Il y avait quelque chose ou quelqu'un caché dans les broussailles. Sans chercher à savoir à quoi ils avaient affaire, les Mankaïs lancèrent plusieurs machettes dans cette direction.
Une nouvelle fois, l'étrange vent souffla dans la clairière, et les machettes tombèrent par terre avant d'avoir atteint leur cible.
Aold Finn et Ame Witty regardèrent les armes au sol. Ils n'en crurent pas leurs yeux : les lames d'acier avaient fondu !

Chapitre 17

La panique s'empara des Mankaïs. Ils lâchèrent leurs prisonniers et partirent en courant, abandonnant sur place leurs compagnons assommés. Ils n'allèrent pas loin : la brise souffla encore, et ils s'affalèrent tous, sans connaissance. Sven Owen se releva et regarda autour de lui. Le spectacle était pour le moins étonnant. Les Mankaïs, évanouis, gisaient sur le sol de la clairière. Le chanteur avait du mal à croire à la réalité de ce qu'il voyait. La main appuyée sur sa blessure pour l'empêcher de saigner, Aold Finn s'approcha de son ami.

– C'est toi qui as fait ça ? lui demanda-t-il, sidéré.

– Non ! Pas plus que je n'ai empêché ton volpote de s'écraser hier.

– Mais ton pouvoir de Chantelune ? insista Ame Witty.

– Si je possède un pouvoir, il a été juste suffisant pour coller un mal de crâne à ces créatures ; et cela, n'importe quel chanteur en aurait été capable !

Non, l'explication de tout cela doit se trouver là.
Il pointa son doigt vers les buissons, qui venaient de remuer.
– Il y a quelqu'un ? Montrez-vous, nous voulons vous remercier de nous avoir aidés.
Une curieuse silhouette apparut sous les arbres. C'était un homme aux cheveux hirsutes, à la barbe en bataille et au regard de feu. Il portait un pantalon raccommodé et une chemise sombre en toile rêche.
Ame Witty et Aold Finn frissonnèrent. L'homme avait quelque chose d'effrayant. L'air puissant et terrible, il était encore plus inquiétant que les créatures de Mankaïa. Pourtant, Sven Owen éprouva immédiatement de la sympathie pour lui. Il crut voir un être familier, un proche, un être qui lui ressemblait. Il ressentit un immense espoir.
– Vous nous avez sauvé la vie ! Merci ! dit-il. Je vous présente mes amis. Voici Aold Finn et Ame Witty. Quant à moi, je m'appelle…
L'homme leva la main, mettant fin aux présentations. Il fit ensuite un autre geste pour les inviter à le suivre. Sans donner plus d'explications, il repartit sous les arbres.
– Qu'est-ce qu'on fait ? murmura Ame Witty. Je n'ai guère confiance en cet inconnu !

– Il nous a défendus, objecta Sven Owen.
– Si c'est pour nous dévorer, franchement, il aurait pu s'abstenir, répliqua dit Aold Finn.
– Vous êtes stupides ! Si vous préférez attendre le réveil des Mankaïs, libre à vous. Moi, je le suis !
Sven Owen courut sur les traces du curieux personnage et disparut à son tour sous les arbres.
La fille et le garçon se regardèrent. Ils haussèrent les épaules. Ame Witty entreprit alors de panser la blessure du garçon. Elle arracha un pan de sa chemise et banda le bras meurtri avec délicatesse.
À ce moment, un Mankaï remua à trois mètres d'eux, les faisant sursauter. Aold Finn se mit à courir.
– Hé ! Attends-moi ! hurla la jeune fille, affolée.
Ils se précipitèrent tous les deux dans la direction où avaient disparu Sven Owen et l'homme des bois.
Ils rattrapèrent bien vite leur ami, qui suivait l'étonnant personnage.
Après trois heures de marche, ils débouchèrent dans une clairière, au centre de laquelle se trouvait une austère maison en rondins. Ils remarquèrent un système de tuyauterie de bambou qui reliait l'habitation à une source.
– Un vrai palace ! commenta Aold Finn tout bas.
L'homme se retourna et lui décocha un regard mau-

vais. « L'individu a l'ouïe fine », songea le garçon en regrettant ses paroles.

D'un signe de tête l'homme les invita à entrer. L'intérieur de la maison était d'une grande sobriété. Le sol était composé de pierres plates, et, pour tout mobilier, il n'y avait qu'un tabouret à trois pieds, un coffre grossièrement taillé, une sorte de huche accrochée au mur et, sur un tronc coupé dans sa longueur, une paillasse de toile rêche d'où sortaient des feuilles de fougère. Une dizaine de bûches étaient entassées près d'une cheminée, où des braises rougeoyaient faiblement.

L'homme s'approcha de l'âtre, remua les braises avec un bâton et attisa le feu en soufflant puissamment dessus. Un nuage de cendre et de flammèches s'éleva autour de sa tête, puis de belles flammes léchèrent les braises. Il jeta dessus deux bûches et se redressa. Il regarda ses trois hôtes et fit une grimace. Il leur indiqua du doigt son lit ; quand ils s'assirent, il farfouilla dans la huche et en sortit des galettes épaisses et des fruits secs. Puis il quitta la cabane.

– Drôle de bonhomme ! chuchota Ame Witty.

– Moi, j'adore sa conversation, ajouta Aold Finn en s'attaquant à une galette.

– Il est bizarre, c'est vrai, dit à son tour Sven Owen.

Aold Finn fit la moue en avalant une bouchée.
– Pouah ! Je comprends qu'il soit aussi aimable s'il se nourrit de ces trucs-là. Sa galette est infecte. Il doit fabriquer ça avec des furmis ou des larves de scarabes. Et cette maison ! C'est de la préhistoire ! Il n'y a même pas de douche-laser ! Ce barbu se lave à l'eau, vous vous rendez compte ? Il n'est pas plus évolué que les Mankaïs ! Pas question de rester ici, les amis ! Il faut déguerpir au plus vite parce que si…
Le garçon n'acheva pas sa phrase ; l'homme revenait avec une cruche pleine d'eau, qu'il donna à Ame Witty. Il les toisa un instant, semblant hésiter sur la conduite à tenir, puis s'assit en tailleur à même le sol devant eux.
Il ouvrit la bouche et demeura ainsi sans parler.
– Vous êtes muet ? demanda Sven Owen.
L'homme secoua la tête. À ses yeux, ses hôtes comprirent qu'il avait envie de parler, mais qu'il se retenait, comme s'il redoutait quelque chose. Il se racla la gorge, et un son grave retentit. L'eau de la cruche se mit à vibrer. Il attendit la réaction de ses invités, qui écarquillèrent les yeux. Il grogna encore, un peu plus fort, et l'eau bouillonna.
– Il vaut mieux que vous ne parliez pas, après tout ! lança Aold Finn, l'air faussement détendu.

L'homme fronça les sourcils ; une lueur de colère passa dans ses yeux. Puis il respira profondément cherchant à retrouver son calme. Enfin, il murmura :
– Je m'appelle le Silencieux. Je n'ai pas parlé depuis cinquante ans. Ma voix est trop dangereuse…
Son murmure avait de nouveau fait trembler l'eau dans la cruche.

Chapitre 18

Trois jours passèrent. Sven Owen et ses deux compagnons avaient fini par s'habituer à cet être si singulier. Certes, le Silencieux n'était guère chaleureux, mais il s'occupait d'eux. Il avait soigné le bras d'Aold Finn avec des herbes et de la boue ; les plaies de Sven Owen, provoquées par les griffes des Mankaïs, avaient bénéficié du même traitement.

Il fournissait aux adolescents une nourriture simple, mais mangeable, et leur avait fabriqué des matelas de fougère. Ils disposaient chacun d'un coin de son habitation.

À leur contact, sa voix s'était curieusement adoucie ; à présent, lorsqu'il parlait, l'eau de la cruche ne tremblait plus. Seuls ses ronflements, la nuit, posaient quelques problèmes, car le tabouret vibrait sur le sol de pierres, ce qui avait pour effet de perturber le sommeil d'Aold Finn : il s'attendait à tout moment à être

réduit en cendres si le Silencieux se mettait à hurler dans un cauchemar.
L'homme évitait les conversations, répondait le plus souvent par des hochements de tête. Sven Owen était profondément intrigué par la puissance de cet homme dont la voix paraissait exercer un pouvoir extraordinaire sur la matière.
Ayant constaté que le Silencieux contrôlait davantage les effets dangereux de sa voix, il se résolut à l'interroger sur ses capacités. Une question lui brûlait la langue depuis le jour de leur rencontre.
Le Silencieux avait pour habitude de s'isoler près d'une rivière proche de la clairière. Il demeurait là, à écouter le murmure de l'eau sur les rochers, le regard perdu dans une apaisante rêverie. Sven Owen vint s'asseoir à ses côtés :
– Le Silencieux, commença le jeune chanteur, j'ai quelque chose d'important à vous demander…
L'homme s'arracha au songe où son esprit vagabondait et posa son regard sombre sur le garçon. D'un signe de tête, il l'invita à poursuivre.
– J'aimerais savoir si vous êtes un Chantelune…
La question dut surprendre le Silencieux ; il attendit un long moment avant de répondre. Il sembla réfléchir ou chercher dans une mémoire poussiéreuse un

lointain souvenir ; puis il murmura, contrôlant le timbre de sa voix :
– Malheureusement, non. Il y a trop de haine en moi, trop de brutalité.
Un voile de tristesse glissa sur le visage du garçon.
– Tu as l'air déçu, remarqua le Silencieux.
– Je pensais que vous pourriez m'aider… Pérenne, mon professeur de chant, dit que je suis un Chantelune. Mais, moi, je n'en sais rien.
– Un Chantelune ? C'est curieux… Vois-tu, il y a fort longtemps, quand j'avais à peu près ton âge, j'avais un professeur de chant qui croyait lui aussi que mon frère et moi pouvions être des Chantelunes. Il nous a appris les chants et leur puissance.
– Mais alors, vous êtes bien un…
– Non, non, mon garçon ! Être un Chantelune, c'est autre chose que d'assommer un Mankaï en faisant vibrer sa voix ou d'empêcher un petit volporteur de s'écraser au sol.
Sven Owen sursauta :
– C'est vous qui avez freiné la chute de notre engin l'autre jour ?
– Pas trop dur, ça ! Quand je suis en colère, je peux pulvériser une maison en éternuant. C'est pour ça que je vis seul.

– Voudriez-vous m'aider à devenir un Chantelune ? demanda Sven Owen, plein d'espoir.
Le Silencieux secoua la tête et laissa pour la première fois un sourire éclairer son visage buriné :
– On ne devient pas un Chantelune, mon garçon… On en est un, ou on ne l'est pas, c'est tout ! Et ceux qui te diront le contraire sont des ignorants !
Sven Owen était désespéré :
– Alors, comment je saurai si j'en suis un ?
– Il paraît qu'il existe un livre, déclara le Silencieux, le Livre des Chantelunes, qui rassemble tous les poèmes et les chants composés par ces êtres légendaires. Il y est écrit : « Si ton chant transforme le Mal en Bien, alors, sûrement, tu es un Chantelune. »
– Accepteriez-vous de m'aider à découvrir ce livre ?
– Je ne sais pas où il se trouve. Et puis, écoute, je suis un sale bonhomme, moi ! J'ai fait plus de mal dans ma vie qu'une tribu de Mankaïs. Alors comment veux-tu que je t…
Un terrible grondement remplit soudain la forêt. Sven Owen se releva d'un bond et aperçut Aold Finn et Ame Witty qui, cachés dans les buissons, avaient écouté la conversation. Ils se redressaient eux aussi.
– Que se passe-t-il ? s'écria la jeune fille.
Aold Finn tendit le bras :

– Regardez, là-haut !

Trois engins à hélice apparurent au-dessus des arbres et se mirent à descendre vers la clairière.

– Des volcoptères ! gronda Aold Finn. Depuis l'invention de l'effet Mag-T, je croyais qu'on les avait détruits.

À un mètre du sol, les engins volants s'immobilisèrent, et ils crachèrent une nuée de miliciens qui, vibrillon en main, prirent position près de la cabane. Une trentaine d'entre eux se déployèrent en éventail et s'élancèrent vers la rivière.

Une colère irrépressible sembla enflammer le Silencieux. Il se précipita sur les intrus. Avant qu'il n'ait eu le temps d'ouvrir la bouche, une gerbe de rayons le heurta de plein fouet. Il roula sur le sol.

– Ils l'ont tué ! hurla Ame Witty.

Aold Finn avait empoigné son boom, pendu à sa ceinture, et appuya en un éclair sur la touche « vol libre » avant de le projeter en direction des intrus.

L'arme siffla, entamant une trajectoire d'une précision inouïe, qui sema la panique parmi les miliciens. Tournoyant au-dessus des têtes, le boomerang exécutait des piqués qui, à chaque fois, assommaient un assaillant. Ils furent une quinzaine à s'écrouler sur le sol.

Puis un rayon plus large tiré d'un des volcoptères fendit l'air et foudroya l'arme du garçon.
Les soldats s'avancèrent vers les fugitifs. Une silhouette en rouge et noir descendit d'un volcopère. Une cape vola dans la brise. Hélio, une lueur maléfique dans le regard, pointa du doigt Sven Owen et ses compagnons en aboyant : « Estourbissez-moi ça ! »
Dix hommes visèrent soigneusement et tirèrent. Les rayons fusèrent des vibrillons. Mais ils n'atteignirent pas leurs proies : ils furent soudain détournés par un écran invisible. Ils formèrent un soleil dont le centre était Sven Owen.
Les mains du chanteur étaient tendues devant lui comme posées sur un miroir invisible, et un son curieux jaillissait d'entre ses lèvres.
Tout s'était passé très vite. Quand les miliciens avaient levé leurs armes, un fourmillement s'était emparé de son esprit ; un chant s'était imposé à lui et, instinctivement, il l'avait reproduit. Derrière la mélodie qui envahissait sa tête, il crut reconnaître deux voix familières : celles de Mady Finn et de Pérenne. Il sut à cet instant ce qu'il interprétait : c'était un chant-mémo de protection !
– Ah, lança Hélio, on dirait qu'il a appris quelques tours. Voyons voir où en est sa force !

Il fit un signe au reste de ses troupes, et trois cents vibrillons vinrent frapper le bouclier sonore de Sven Owen. Le choc fut d'une extrême violence ; le chanteur eut l'impression d'avoir heurté un mur à pleine vitesse. Il sentit son énergie le quitter. Il tituba, étourdi, résista encore un peu, puis sa voix commença à s'éteindre.

– Nous sommes perdus ! gémit Ame Witty, qui tentait avec Aold Finn de soutenir leur ami.

– Regarde un peu ! souffla Aold Finn.

Derrière les miliciens, le Silencieux venait de redresser sa silhouette hirsute. Un hurlement rageur explosa dans sa bouche. L'air fut agité d'une vibration insoutenable. Les feuilles des arbres volèrent et tous les miliciens se retrouvèrent balayés par la colère de l'ermite à la voix de tonnerre.

Dès que le cri du Silencieux eut cessé, le bouclier de Sven Owen disparut, et le chanteur s'effondra dans les bras de ses amis.

Sur le sol jonché de corps évanouis, sous une pluie de feuilles vertes, Hélio demeurait seul debout, un sourire mauvais aux lèvres. Curieusement, la voix du Silencieux n'avait pas eu d'effet sur le chef de la milice !

Chapitre 19

Le Silencieux s'approcha de ses jeunes compagnons.

– Vous allez bien ? demanda-t-il.

Sa voix s'était apaisée mais conservait encore un peu de colère, et son souffle provoqua un friselis de l'air. Sven Owen, épuisé par son exploit, hocha la tête.

– Que se passe-t-il, le Silencieux ? s'inquiéta Aold Finn. Pourquoi Hélio n'est-il pas assommé, comme les autres ?

– Je n'en sais rien… Mais j'ai l'impression de connaître cet homme…

Hélio s'avança vers eux. Un rictus mauvais déformait sa bouche. Quand il fut à quelques mètres, il s'arrêta et lança avec un rire cruel :

– Alors, Chantelune, tu croyais m'échapper ? Tu pensais que je n'allais pas venir te chercher dans la forêt interdite ?

– Pourquoi me poursuis-tu ? Je ne t'ai pourtant rien

fait ! dit Sven Owen, encore très faible.
– Tu as quelque chose qui m'intéresse : ta voix ! Tes cordes vocales remplaceront les miennes, et je posséderai enfin les pouvoirs d'un Chantelune.
Le Silencieux fit un pas en avant et gronda comme un fauve :
– Comment as-tu fait pour résister à mon attaque sonore ?
Hélio plongea son regard dans les yeux de braise de l'homme qui avait anéanti sa troupe :
– En utilisant un chant de protection, comme ce petit prétentieux… Mais, dis-moi, ne me reconnais-tu pas ?
Le Silencieux dévisagea Hélio. On aurait dit qu'il décelait quelque chose de familier dans ses traits…
– Voyons ! Aurais-tu oublié ton propre frère ? s'écria alors Hélio.
Les yeux du Silencieux s'écarquillèrent. Son frère ? Il n'avait pas revu son frère depuis l'enfance. Il regarda Hélio avec une plus grande attention, suivant le contour de son visage à la recherche d'un souvenir.
– Je veux bien admettre que mes cicatrices ont quelque peu modifié mon aspect, ricana le chef de la milice, mais, tout de même, ne pas reconnaître ton sang !
– Oui, c'est bien toi, dit enfin le Silencieux. Et je

vois que la méchanceté habite toujours ton cœur.
Hélio partit d'un rire sournois :
– Nous sommes mauvais tous les deux ! C'est pour cela que tu vis ici. Tu as trop peur de toi-même, trop peur de faire du mal aux autres. Mais je vais en finir avec toi, et je deviendrai un Chantelune !
– Tu ne le pourras jamais ! affirma le Silencieux. Car le pouvoir du Chantelune est l'amour, et ni toi ni moi ne savons ce qu'est l'amour !
Les dernières paroles du Silencieux déclenchèrent la colère d'Hélio. Il poussa un cri aigu. Une sorte d'éclair frappa le Silencieux, qui tomba à terre.
– Tu as toujours été plus fort que moi ! siffla Hélio. Tu étais l'aîné, et tu en profitais. Mais les choses ont changé. Pendant que tu te morfondais dans ta petite cabane perdue dans la forêt d'Ernoa, moi, j'ai progressé. Et je n'ai pas tes états d'âme.
Le Silencieux se releva et se mit à chanter d'une voix sèche et pleine de dureté. Des étincelles bleues tourbillonnèrent autour d'Hélio, qui gémit de douleur. Il fonça sur son frère.
Les deux hommes s'empoignèrent et roulèrent à terre. Ils luttaient sans merci, à coups de cri et à coups de poing. L'air étaient tellement chargé de vibrations qu'ils en devinrent flous aux yeux de Sven Owen et

de ses amis. Leur combat fratricide était d'une rare violence.

– Comment deux frères peuvent-ils se détester à ce point ? demanda Aold Finn. C'est affreux ! Il faut faire quelque chose…

Ame Witty se tourna vers Sven Owen :

– Toi seul as le pouvoir de les arrêter !

– Comment veux-tu que j'y parvienne ? Ils sont trop forts, je ne…, bredouilla le garçon.

– Utilise le chant du Chantelune ! Celui qui dort tout au fond de toi. Dépêche-toi ! insista Ame Witty.

« Le chant qui est en moi ! » pensa Sven Owen. Mais que voulait dire Ame Witty ? Quel chant avait-il en lui ? Il repensa à ce qui s'était passé quelques instants auparavant, le chant-mémo qui était né dans son esprit. Il chercha en vain la même vibration. Pérenne et Mady ne lui venaient pas en aide cette fois-ci.

Sous ses yeux, Hélio et le Silencieux cherchaient à s'étrangler. Leurs cris avaient créé une bulle sonore dans laquelle ils se livraient un combat mortel.

Sven Owen les regardait impuissant, désespéré. Il songea que Pérenne s'était trompé ; il n'était qu'un imposteur, un chanteur un peu plus doué que tous les autres. Il n'était pas un Chantelune !

Il sentit une main se glisser dans la sienne. Ame Witty

le soutenait. Une autre main se posa sur son épaule.
– Écoute, mon vieux, commença Aold Finn. Je n'ai jamais cru à toutes ces histoires de Chantelune. Mais si elles sont vraies, alors il y a un seul type qui mérite de l'être, et c'est toi !
À ces mots, une immense tristesse serra le cœur de Sven Owen. Il eut envie de pleurer. Mais il se reprit, et il entama doucement un chant de peine, un chant connu de tous sur Ithos, le chant qu'on entonnait à la mort d'un proche ou à la veille de sa propre mort.
– Je chanterai avec toi, murmura Ame Witty dans un souffle, comme l'autre nuit…
Et sa voix vint s'unir à celle du garçon.
Sven Owen pensa à Pérenne, à Mady. Qu'étaient-ils devenus ? Il pensa à ses parents, qu'il avait à peine connus, à son oncle qui l'avait adopté et qui le battait chaque jour, à tous ceux qui souffraient à travers le monde. Il pensa à Ame Witty, qui croyait en lui, à Aold Finn, qui lui faisait confiance.
Il pensa à ces deux frères qui se détestaient et se déchiraient sous ses yeux, dans la rage et la violence.
Et, peu à peu, son chant devint plus profond, plus fort, plus puissant, comme si une énergie fabuleuse grandissait en lui. La voix d'Ame Witty se fondit

dans la sienne, et même l'oreille la plus avertie n'aurait pu discerner le chant de l'un et de l'autre.
Une curieuse lumière se répandit dans la clairière. L'air se chargea de parfums. La voix, telle une immense main caressante, se posa sur les deux combattants. Sven Owen perçut leur raideur, la crispation de leurs cœurs : leurs sentiments se cabraient, leurs volontés s'arc-boutaient contre ce chant d'amour qui cherchait à se glisser en eux. De tout leur être ils repoussaient cette douceur qui s'insinuait, rejetaient avec vigueur et effroi les émotions inconnues qui naissaient dans leurs corps.
La colère des deux frères alla en diminuant. L'envie de s'affronter les quittait déjà. Ils cessèrent de se battre. Ils haletaient encore un peu, comme des taureaux de combat, mais la haine les avait abandonnés. À sa place, ils éprouvaient une émotion douce, un sentiment nouveau pour eux : la fraternité !
Hélio le mauvais avait été transformé, et le Silencieux découvrait enfin ce curieux sentiment : être en paix avec soi-même.
Aold Finn et Ame Witty se tournèrent vers leur ami.
– Il n'y a plus de doute, s'écria la jeune fille, tu es bien un Chantelune !
– Le Chantelune de la légende ! ajouta le pilote intré-

pide. Celui qui change le Mal en Bien, qui a le pouvoir de dénouer les cœurs…
Sven Owen cessa de chanter. Il sourit à ses compagnons. Après tout, si tout le monde le disait, peut-être était-ce vrai !
– Aurais-je réussi sans toi ? demanda-t-il alors avec douceur à Ame Witty. Aurais-je réussi sans vous ?
Ils se regardèrent sans rien dire pendant un long moment. Qu'y avait-il à dire, d'ailleurs ? Ce qui venait de se dérouler les dépassait tellement ! Ils n'entrevoyaient pas à cet instant ce qu'un tel événement pourrait leur réserver de fantastique dans un avenir qui marchait à grands pas.
À quelques mètres d'eux, le Silencieux et Hélio se tenaient l'un devant l'autre, stupéfaits de se regarder sans haine.
– Notre vie à été très mouvementée, mon frère, fit le Silencieux.
– À qui le dis-tu ! soupira Hélio. Mais je crois que ce n'est pas fini. Ton Chantelune n'a pas encore atteint sa maturité. Il n'a pas extirpé le Mal de moi, je le sens qui repousse déjà ! Vous feriez mieux de partir avant que j'aie retrouvé toute ma hargne.
Aold Finn s'approcha des deux frères :
– Que voulez vous dire par là ?

Hélio émit un petit rire.
– Pour changer définitivement le Mal en Bien, il faut une puissance bien plus grande que celle de Sven Owen. Le sourire béat que tu vois sur ma face va disparaître d'ici quelques heures. Et la méchanceté va réinvestir mon être.
– Mais non ! affirma Aold Finn. Vous allez résister, faire des efforts. Et Sven Owen va vous chanter dans les oreilles jusqu'à ce que vous soyez aussi gentil qu'un noursenpluch.
Sven Owen intervint dans la conversation :
– Je ne sais même pas si je saurais recommencer ce que je viens de faire. C'est venu tout seul.
– Tant qu'il n'a pas atteint le stade ultime, poursuivit Hélio, il ne pourra pas éradiquer ce mal. Au contraire, une succession de petites transformations finirait par développer en moi une résistance, comme celle d'un virus traité par un médicament trop faible.
Sven Owen songea un instant à ce que pouvait bien être le stade ultime d'un Chantelune, et il se dit qu'il serait intéressant de profiter de la gentillesse momentanée d'Hélio pour lui soutirer des informations.
– Hélio, savez-vous où se trouve le Livre des Chantelunes ?
– Tu es un malin, Sven Owen ! Jamais je ne t'aurais

donné un tel renseignement en temps normal. À ma connaissance, le Livre des Chantelunes se trouve sur Mankaïa. Cependant, toutes les expéditions menées sur cette planète n'ont rien apporté, et le Conseil planétaire d'Ithos ne veut plus en financer d'autres.

Sven Owen demeura songeur un instant; puis une toute autre pensée lui vint à l'esprit, et une question lui brûla les lèvres. Il hésita à la poser tant il sentait que la réponse allait lui poignarder le cœur. Il se lança enfin:

– Qu'est-il arrivé à Pérenne et à Mady Finn?

Hélio baissa les yeux:

– Ils n'ont pas survécu à notre attaque. Ils se sont protégés un temps avec leurs chants, et puis…

La souffrance fit vaciller Sven Owen; Aold Finn, lui, glissa à genoux sur le sol, terrassé par le chagrin. Même s'ils avaient déjà deviné la vérité, l'annonce de la mort de ces êtres proches leur était insupportable à entendre. Ame Witty prit affectueusement la main de Sven Owen dans la sienne, et posa l'autre sur l'épaule d'Aold Finn, qui laissa couler ses larmes. Ils demeurèrent ainsi figés dans le chagrin durant une longue minute, sous les regards attristés d'Hélio et du Silencieux.

Bientôt, la colère vint prendre le relais de la peine, et

une rafale de rage traversa Sven Owen et Aold Finn. Ils eurent envie de frapper le chef de la milice, responsable de leur malheur. Ils éprouvèrent le désir de le voir mort à son tour, sachant pourtant que la vengeance ne soulagerait en rien leur affliction.
Par chance, ils n'eurent pas le temps de céder à leurs terribles impulsions : un bourdonnement lointain de volcoptères s'éleva du fond de la forêt.
– Il faut nous en aller, gronda Aold Finn cherchant à maîtriser son désespoir. Cela sent le roussi !
– Mais qu'est-ce que nous allons faire d'Hélio ? demanda Ame Witty, qui pensait avec angoisse à l'instant où le charme cesserait d'agir et où le chef de la milice redeviendrait lui-même.
Sven Owen retrouva la sérénité :
– Si on écoutait notre peine et notre rancœur, on rendrait justice sur l'heure ! Mais, dans ce cas, nous ressemblerions trop à cet homme et nous trahirions nos professeurs ! Ne nous ont-ils pas enseigné la droiture et le respect de la vie ? En fait, pour Hélio nous n'avons qu'une solution…
– Laquelle ?
Ce fut Aold Finn qui lui donna la réponse : il abattit sur le crâne d'Hélio un gros morceau de branche. Le chef de la milice s'écroula dans les bras de son frère,

qui foudroya Aold Finn du regard.
– Ne te mets pas en colère, le Silencieux, lança le garçon. Il n'y avait que ça à faire. Maintenant, il faut le ficeler, et déguerpir d'ici.
– Aold Finn a raison, ajouta Sven Owen. Nous devons partir, et le plus loin sera le mieux.
– Je sais où aller ! déclara alors le Silencieux. Et il n'y a pas plus loin. Suivez-moi !

Chapitre 20

Ils marchaient depuis trois bonnes heures vers l'est. Le bourdonnement des volcoptères s'était estompé. Le Silencieux avançait en tête. Depuis leur départ, il n'avait pas dit un mot, et son front plissé témoignait du tourment qu'il éprouvait. Retrouver son frère après tant d'années, le voir défiguré, se battre avec lui en éprouvant une haine immense, puis basculer dans la fraternité pour le perdre de nouveau, l'expérience avait été bien rude. À l'heure qu'il était, Hélio devait avoir récupéré ses sentiments haineux, et il était sûrement en train de haranguer ses troupes pour qu'elles retrouvent les fuyards. Sa colère s'était sans doute décuplée, ainsi que sa haine pour Sven Owen, car le chanteur l'avait humilié en faisant naître en lui des sentiments nobles et bons. Pire, il lui avait extorqué une information capitale : le lieu où se trouvait le Livre des Chantelunes.

Aold Finn pressa le pas pour rattraper son ami et lui chuchota à l'oreille :
– C'est bien beau, tout ça, mais il nous emmène où, ton copain ? La forêt d'Ernoa, ce n'est pas vraiment le lieu idéal pour les promenades ! En plus, le logiciel Surveillor du miniordi signale la présence de Mankaïs dans le coin.
– Les Mankaïs ! Je dois aller sur leur planète pour découvrir le Livre des Chantelunes.
– Eh bien, tu n'as qu'à les appeler et leur demander comment ils font pour rentrer chez eux ! Je ne vois pas comment nous pourrions aller sur Mankaïa sans vaisseau spatial.
Le Silencieux, qui les devançait de trois mètres, leur adressa la parole sans se retourner :
– Tu vas être fixé dans peu de temps !
La voix du Silencieux vibrait de colère rentrée et de ressentiment. L'air se froissait devant ses lèvres. Aold Finn le rejoignit :
– Qu'est-ce que ça signifie ? Tu as l'intention d'aller poser la question à ces horreurs ?
Le Silencieux s'arrêta :
– Je ne vais pas leur poser la question, car je connais la réponse !
Il écarta les branches basses d'un arbre qui bordait

le chemin et dévoila un rocher de deux mètres de haut, dressé au centre d'un cercle de mousse.
Aold Finn avança et considéra le menhir :
– Cette pierre plantée ? C'est une réponse, ça ?
Le Silencieux se contenta de leur faire signe de contourner le rocher. De l'autre côté, il n'avait pas du tout le même aspect : ils ne virent plus du tout une pierre, mais une sorte de substance à l'aspect laiteux.
– Qu'est-ce que c'est que ce machin ? s'étonna Ame Witty. Je n'ai jamais rien vu de pareil !
Sven Owen interrogea du regard le Silencieux.
– J'ignore comment cela s'appelle. Je sais seulement ce que j'ai vu. Les Mankaïs s'introduisent dans notre monde par cette chose.
– Vous voulez dire qu'il s'agit d'une espèce de porte spatiale qui relie Ithos à la planète Mankaïa ? souffla le chanteur.
Pour toute réponse, le Silencieux haussa les épaules.
Aold Finn consulta son miniordi sur l'existence de telles portes. Le logiciel demeura muet. Durant quelques minutes, ils examinèrent sans rien dire le curieux objet. Puis Sven Owen s'adressa à ses amis :
– Eh bien, il n'y a qu'un moyen de savoir si cela conduit sur Mankaïa, c'est d'entrer dans ce truc !
– Comment ? Tu veux qu'on… ? Tu es complète-

ment fou, mon vieux ! Et si on était désintégrés ou si on se retrouvait sur une planète sans oxygène ?
– Il y a de l'air sur Mankaïa, précisa Ame Witty, mais la température est très basse.
Sven Owen se tourna vers ses amis :
– Écoutez, vous n'êtes pas obligés de me suivre. C'est moi qu'Hélio poursuit, pas vous. Vous avez eu trop d'ennuis par ma faute. Je comprendrais très bien que vous restiez ici.
– Moi, je viens avec toi, s'empressa de déclarer Ame Witty. Je tiens à éclaircir cette légende du Chantelune. Je suis convaincue que j'ai un rôle à jouer dans tout ça.
Sven Owen sourit à la jeune fille. Il posa ensuite son regard sur le Silencieux.
– Je te suis, petit ami, dit celui-ci. Si j'ai bien compris, l'unique chance pour moi de retrouver un frère, c'est de faire de toi un Chantelune accompli.
– Tes conseils me seront très utiles. Tu as beaucoup de choses à m'apprendre… Et toi, Aold ?
Le garçon écarta les bras. Il était courageux de nature, mais là, cela frisait la démence pure.
– C'est n'importe quoi ! s'emporta-t-il. Tu ne sais pas où tu t'embarques. Les filles, ça ne produit que des ennuis ! Quant au Silencieux, le moindre de ses

éternuements risque de t'arracher la tête ; et en plus, tu vas débarquer dans je ne sais quoi ! Je suis trop jeune pour mourir bêtement !

Sven Owen ne montra pas sa tristesse de voir son ami refuser de le suivre. Il le serra fortement dans ses bras :

– Je n'oublierai pas tout ce que tu as fait pour moi. C'est sûr ! Tu sais, Aold Finn, avant toi, je n'avais jamais eu d'ami ! Adieu…

Il se tourna vers la pierre plantée, songea à cette planète qu'il allait quitter, à Pérenne, son maître regretté, puis s'élança d'un coup. Il traversa la substance translucide et disparut. Le Silencieux et Ame Witty l'imitèrent sur-le-champ.

– Hé, attendez un peu ! bégaya Aold Finn en se retrouvant seul devant l'étrange menhir.

Il hésita un moment. Soudain, il entendit des grognements, pas très loin de lui. Son miniordi émit un message. Il regarda l'écran : Surveillor afficha la photo d'un Mankaï !

– Allons bon ! Voilà les autres ! grogna-t-il.

Il porta machinalement la main à sa ceinture pour empoigner son boom d'attaque, mais, quand il le saisit, il se rappela qu'il avait ramassé son arme à moitié détruite par un rayon de vibrillon.

Le miniordi signala les emplacements des Mankaïs dissimulés sous les arbres : il était encerclé !
– Bon, je n'ai plus le choix ! Il faut que je traverse cette chose ! Je n'en ai pas envie, mais alors, pas envie du tout ! Enfin, avoir les atomes éparpillés dans l'univers ou mourir sous les dents de ces faces de troll… Je préfère encore tenter ma chance dans les étoiles !
Il s'approcha de la porte spatiale. Tout à coup, il pensa que les créatures de Mankaïa pouvaient l'imiter et le suivre sur leur planète, si ce rocher bizarre était bien une porte qui menait là-bas. Il fouilla dans sa sacoche et saisit la petite boîte qu'il avait récupérée quelques jours plus tôt dans la carcasse de son volporteur. Il en sortit une sorte de pâte à modeler.
– Mon plosif ! dit-il à voix basse. Va y avoir un beau feu d'artifice !…
Il colla la pâte de sa fabrication au pied de la pierre levée, décrocha sa montre, la fixa par-dessus après l'avoir réglée sur dix secondes…
– Adieu, petite montre ! lâcha-t-il avant d'enclencher le dispositif.
Il hésita un instant avant de se glisser dans la matière translucide. S'il partait, il perdrait sans doute toute chance de revoir Mady. Il prit soudain conscience de l'absurdité de ce qu'il pensait.

– Mais tu es morte, Mady, murmura-t-il sans pouvoir retenir ses larmes. Ithos est désormais pour moi un cimetière…
Il prit une forte inspiration et plongea courageusement dans la pierre plantée.
Peu après, sous les yeux effrayés des Mankaïs tapis sous les arbres, la pierre levée explosa, répandant alentour une curieuse fumée blanchâtre, qui voleta longtemps dans la clairière de la forêt d'Ernoa.

Qu'étaient donc devenus Ame Witty, le Silencieux, Aold Finn, Sven Owen ? La mystérieuse porte spatiale les mènerait-elle sur la surface glacée de Mankaïa, ou bien dans un monde plus inhospitalier encore ? Les réponses, parfois, tardent à venir, mais la destinée d'un Chantelune doit s'accomplir, quoi qu'il advienne.

À SUIVRE...

Vous trouverez la suite
de cette aventure dans
Le livre des Chantelunes,
qui paraîtra en novembre 2001

LES MONDES IMAGINAIRES

Pour voyager au-delà du soleil et découvrir des mondes étranges, peuplés de dragons, de magiciens et de trolls

FANTASY

La reine des Amazones
Pierre Grimbert

La malédiction du coquillage
Pierre Grimbert

Le baiser de la Subure
Pierre Grimbert

Le pouvoir du Chantelune
Chantelune 1
Frédéric Faragorn

FANTASTIQUE

La grande menace
Le peuple Rat 1
Anne-Laure Bondoux

SCIENCE-FICTION

Les pirates de Neptune / Dina 1
Philippe Andrieu

Le messager de Callisto
Dina 2
Philippe Andrieu

La prisonnière de Lhassa
Dina 3
Philippe Andrieu

Les glaces d'Antéria
Mission Antéria 1
Marie-Hélène Delval

Le soleil des Orthanques
Mission Antéria 2
Marie-Hélène Delval

Les orages d'Erna-Thor
Mission Antéria 3
Marie-Hélène Delval

Imprimé en R.F.A par Clausen & Bosse
N° d'Éditeur: 6948